# シャバはつらいよ

大野更紗

ポプラ社

はじめに

# シャバは、未知なる新世界

しばらくの間、ご無沙汰しておりました。はじめましてのかた、はじめまして。〇歳児のベイビー、八十九歳のおばあちゃん、中小企業の社長さん、女子高生のギャルのかた。誰もかれも、全国津々浦々、今日まで生きのびてくださった。今日、互いに生存している。こうして出会えることに、この上ないうれしさを感じます。

大変なことが、たくさんありました。

二〇一一年は、後世の世界史の教科書に必ず載るであろう「激動の年」でした。

わたし、難病女子としては、洗濯機に放り込まれたボロい雑巾が、さらに回転・脱水され、カピカピのボロい布きれになるような一年間でした。

二〇一一年三月十一日。東日本大震災が起こったとき。わたしは「さすがに、もうダメだ」と思いました。正直なところ、「ああ、このまま死ぬんだろうなあ」と思いました。精神的な問題ではなく、物理的に生命の危機に陥ったからです。

常時ですら「生存崖っぷち」な難病女子は、非常時には「生存はマジ先行き不透明」状態になります。

しかーし。

人類は、すごかった。ほぼミラクルとしか言いようのない偶然が、いくつも重なりました。「ほんとに、アメイジング！」なことばかりが起きて、今日、生きのびています。

わたしは、二〇〇八年に突然、日本ではほとんど症例のない「難病」を発症しました。病名は、二つついています。「皮膚筋炎《ひふきんえん》」と「筋膜炎脂肪織炎症候群《きんまくえんしぼうしきえんしょうこうぐん》」です。「自己免疫疾患」と呼ばれる、全身の免疫システムが暴走して、自分自身を攻撃するという類の病です。

なんとも、奇怪な病です。本来であれば自分を守ってくれるはずの免疫システムが、頭のてっぺんからつま先まで余すところなく全身を、文字通り「攻撃」してきます。
ちなみに「難病」というのは、医学的に明確に定義された、なんらかの病をさす言葉ではありません。いわゆる「不治の病」に対して、戦後の日本で広く使われてきた言葉です。

「難病」
原因不明、治療方法未確立であり、かつ、後遺症を残すおそれが少なくない疾病
経過が慢性にわたり、単に経済的な問題のみならず介護等に著しく人手を要するために家族の負担が重く、また精神的にも負担の大きい疾病
（昭和四十七年：厚生省「難病対策要綱」）

つまるところは「原因がわからない」かつ「治療する方法がわからない」病気を、「難病」と呼びます。わたしの場合は、二十四時間三百六十五日、途切れることのない痛み、病態とバトルします。免疫の暴走を抑え込むために、対症療法としてステロイドや免疫抑制剤、大量の痛み止め、それらの重篤《じゅうとく》な副作用を抑え込む薬などを三百六十五日投与することで、命をぎりぎりつないでいます。

わが二十九歳の身体は、「困難の類」はなんでも扱う、「困難の総合商社」になりつつあります。

この奇怪な病を発病したときから、実は、ずっと考えていることがあります。わたしがかかったこの「難病」は、何かに、似ている気がするのです。そう、何かに、似ている……。

出口のない経済不況、いつまでも改善されないどころかむしろ悪化の一途をたどる社会保障、医療や福祉の制度、金融危機、就職危機、家族の崩壊、地域の崩壊、うつの増大、自殺者の増加、孤立死の頻発…………（その他いろいろ）!!

あっちゃこっちゃで火の手が上がり、何から手をつけていいかわからないので、とりあえず「対症療法」で時間を稼ぐ。根本的な問題は、とりあえず先延ばしにする。システムそのものの、全身性の機能不全に、太刀打ちできない。

ああ日本列島は、まるで「難病列島」哉。

もともと「難病」にかかっていた日本社会は、東日本大震災で、地震・津波・原発事故という「激烈トリプルパンチ」をくらい、いよいよぶっ倒れています。「立つんだ、ジョー！」といくら励ましたところで、「立てないよ、ジョー！」状態。カンカンカン！とゴングを鳴らしても、タオルを何枚投げ入れても、一生懸命水を飲ませてあげても、いまいち効かない。

「難病」は、ジョーの内側を、徐々に蝕んでいます。最初から体力がない。もとから疲れている。いつもしんどい。このような状態で「復活！」「再生！」「改革！」「維新！」など、いかにも無理をしすぎている雰囲気の文字体で無理をすると、グッタリした身体がさらにグッタリとしてきます。

全身性自己免疫疾患系の難病という「クジ」を引いて、自分自身が、もろいガラスみたいになってしまいました。わりと大変ですが、グッタリとしていることにはわりと慣れているので、「立てないよ、ジョー！」と喘《あえ》ぐ日本列島の気持ちが、ちょっとだけわかるような気もします。

困難に直面して、苦しいとき。絶望には、いつも人気があります。

理由は明白で、絶望することはとても「楽」だからです。絶望はパックリと口を開けて、すぐ隣で「おまえ、うまそうだなあ」と待ってくれています。

何もしなくても、喰ってくれるのです。絶望することは、容易です。

「かわいそうになあ」

「わたしなら、生きてないなあ」

「わたしなら、死んだほうがましだなあ」

絶望怪獣の誘惑の声は、今日も、轟々《ごうごう》と聴こえてきます。


しかーし。

わたしは今日、

「かわいそうじゃないなあ」

「わたしは、生きてたいなあ」

「わたしは、死なないほうがましだなあ」

と絶望怪獣から、全力ダッシュで逃走したいと思っています。


「困難の総合商社」となってみて、予想だにしない発見がありました。人は、生命の危機に瀕する状況下において「わたしが、大変だ！」ということばかりを言いたくなるわけではない、ということです。

絶体絶命の状況下では、発病前には思いもよらなかった、驚くべき光景や人の営みに出会うのです。

発病前、ミャンマーの難民キャンプへ、フィールド調査の旅に出ていたように。

これから、不可思議な未知の世界へ旅に出たいと思います。「ほぼ前例のない難病」にかかりました。それでも、病院から外の世界へ出ちゃったのです。「ほぼ前例のないシャバ暮らし」をはじめてみました。

シャバは、未知なる新世界。

シャバはつらいよ

もくじ

装・挿画
能町みね子
装丁
木庭貴信+角倉織音
（オクターヴ）

第1章

# 門の中

「大野さま、お会計六月分、計十二万三二五〇円になります。現金でお支払いですか、カードでお支払いですか？」


二〇一〇年六月末。地球、日本、東京某所。

通算九か月間の日々を過ごした部屋から、わたしは出て行こうとしている。

退院日の「お会計」は、六月の一か月分だけ。

入院費は、今まで定期的に支払いをしていた。一か月ごとに支払いをしておかないと、まとめて払ったらとてつもない金額になってしまう。「診療料金領収証書」という、医療保険点数や保険外負担の内訳がすべて詳しく書かれた大きなレシートのようなものをもらえるのだが、毎月、見るたびに胃が痛かった。

## お会計の切れ目が縁の切れ目

わたしにつけられた診断名、〈皮膚筋炎〉と〈筋膜炎脂肪織炎症候群〉のうち、〈皮膚筋炎〉のほうが、国の「難病医療費等助成制度」に指定されている難病なので、通称「特定疾患」と呼ばれる制度を使える。「特定疾患」を申請すると、国民皆保険制度内の診療についっては、窓口で支払う金額に制限がかかる。わたしの場合、入院費、月額二万三一〇〇円。

東京で入院してみてはじめてわかったことだが、大きな病気にかかって入院するのには、国民皆保険制度の保険診療以外にもさまざまなお金がかかる。

「差額ベッド代」はものすごいインパクトだ。ショックだった。なんというか、世知辛い。病室にも、ホテルのように一人でくつろぐ高級な部屋から、横並びで逗留する庶民の部屋まで「グレード」がある。差額ベッド代は医療保険とは関係なくて百パーセント自己負担だから、この部屋代を出せる人と出せない人の間では、厳然たる差が生じる。

ここの病院の差額ベッド代は、都内では比較的破格であると聞いた。二人部屋は一日二六二五円（二〇一四年七月現在は、値上げされ一日四三二〇円になってしまった！）。一か月入院すると、二六二五円×三十一日＝八万一三七五円になる。

東京都内の、とある有名私立大学病院では、ほぼすべての病室の差額ベッド代が、一日最低三万円であるらしい。ベッド代だけで一か月九十三万円以上かかるところに「安心して」入院していられるのは、よほどのお金持ちだけだと思う。

もろもろそのほか、洗濯機代や乾燥機代、テレビを観るためのプリペイドカード代、さまざまな行政の手続きに必要な書類の発行代、病衣のレンタル代などを含めると、特定疾患を使える「ラッキーな難病」であるわたしでも、病院のお会計は月々十二万円くらい、と相成るわけである。

世の中はグローバル化して複雑化しているわけだが、病院の会計まで複雑だった。

しかも、合併症の診療には、医療機関側の都合で「特定疾患」の制度は使えないことが多く、普通と同じように三割負担で受診することになる。「特定疾患」の患者さんを制度を使って診るためには、医療機関が都道府県から選定を受けなければならないのだが、その選定を受けられる病院は、難病の専門家がいる医療機関に限られているという現実もある。

ほかの国ではどうなっているのかとても気になるが、生命維持のために一生医療を受け続ける難病をもつ患者さんにとって、「三割負担」はとてつもなく重い。

わたしは発症してから最初の一年間、病名もわからず、いろんな病院のいろんな診療科で、たくさんの検査や手術などを受けて、月々平均三十万円くらいかかっていた。この病院に辿り着いて、入院させてもらえて、病名が確定したのはその後だ。

難しい病気にかかると、こんなにお金がかかるものなのかと愕然とした。水道管が破裂するが如く、福沢諭吉がバシャバシャ飛んでゆく。

発病する二十五歳までは、大学病院など足を踏み入れたこともない健康優良児だった。健康な頃は、「気楽なビンボー」ができたものだ。父母はごくごくフツーの勤労庶民、わたしは常時金欠の地方出身の大学院生だったから、虫歯ができても「今月は、歯医者代は捻出できない……」と歯医者に行かなかったことがある。今ではそんなことをすれば、即、命にかかわる。難病になると「ビンボーする」自由すら奪われてしまう。

二十五歳だったのはほんの一年九か月前のはずなのだが、ずいぶんと昔のことのように感じる。何もかも変わった。多くのことが変わりすぎてしまった。

わたしが入院している部屋は病棟の六階にあって、特に空が大きく見える。夕暮れ時は、エレベーターの「ポーン」という停止音が頻繁に聞こえる。仕事勤めや用を終えた友人や家族が、面会に来るのが一番多い時間帯だ。

病室の大きな窓ガラスが、夕焼けでオレンジ色に染まる。時折、びっくりするような、なんとも言えないピンクと青が混ざったような鮮やかな色になる。

ここからこの空を見るのも、今日が最後だ。

退院日に合わせて、福島から車で高速を飛ばして夕方に到着した父母は、今は主治医の先生二人から「お説教」ならぬ「更紗さんの今後に関する相談」を聞いている。わたしも参加するのかなと思っていたら、主治医の先生から「更紗ちゃんは、病室で待機」と指示を受けた。

## 「門」の中

わたしは一人、「最後の晩餐」を病室で待っていた。

十八時きっかりにガラガラと音がして、夕ごはんを載せた大きな配膳カートが、地下の調理室からエレベーターで昇ってきた。

「大野さーん、夕食ですよ。部屋で食べますか、ラウンジで食べますか？」

「ラウンジにします」

看護師さんが、入院患者の共用ラウンジの大きなラウンドテーブルに、夕ご飯のお膳を置いてくれる。点滴台のキャスターの車輪をこれまたガラガラいわせながら、スリッパやサンダルを鳴らしてよろよろと、患者さんたちがラウンジに集まってくる。

夕方の病棟は、一瞬だけ騒がしくなる。

ラウンジに出て行くと、目にしみるような色の大きな窓ガラスに手をあてて、「外界」を見下ろした。

敷地内のはずれ、視界の遠くに門が見える。病院の門は頑丈で、門までの小路は遠い。門の外はまるで、別世界のようだ。

病棟での暮らしが長くなり、どうやって自分がコンビニで買い物をしていたのか、思い出せなくなっている。入院前の自分が外でどうやって息をしていたのかさえ、見当もつかないのだ。

「今日は大野さんのメニューは〝すずきのピカタ〟ですよ、ここに置いておきますね～」

「はい～」

衣は薄くて、ピカタらしく黄色いけれど卵やチーズはほとんど入っていないし、身はパサパサとしている。でも、わたしはこのパサパサしたすずきのピカタが好きだ。

ピカタなんて、脂質を気にもせず卵とチーズをドバッと入れてしまえば作れてしまうもの。でもステロイドの副作用を抑えるには、コレステロールや中性脂肪は極力排する必要があるので、パサパサさせるために、栄養士さんたちが苦労していることを知っている。

ここのごはんを、入院している九か月間、毎日食べてきた。栄養士さんたちはとても熱心で、一食数百円しかかけられない予算の中、制限されたカロリーの中、ものすごい工夫を凝らす。

食物を見た瞬間に、これはどのような成分で構成されているかを反射的に考えるようになった。食事は薬を飲むための義務であり、重要な儀式だ。

難病になる前は、パソコンの前にかじりついて食事をとる時間もなかったり、レポートや論文が間に合わなくて三日間まともに食べられないようなことも、ままあった気がする。奇妙な話だが、大変な病気にかかって入院すると「健康マニア」のごとく超規則正しく、超バランスよく、超栄養学的に適切な生活をするようになる。病院内で、文字通り「訓練」を受けるのだ。

軍隊に入隊した人が、やたらとサバイバル術に詳しくなってムキムキになって戻ってくるようなものか。病院と軍隊は、ちょっと似ているような気がする。

その「教官」たる先生たちとも、今日から離れて暮らす。

ここにいるかぎりは、二十四時間体制オンコール、身の安全は保障されていた。

それでも、九か月間続いたこの生活に区切りをつけ、日常を取り戻さなければ。

これ以上、この時間割の生活を続けていると、何か、すべてを失うような気がした。身の安全以上の、何かを。

「病院の外で、生きていく」

そういうふうに決めるなら、今が、心身ともに潮時だと思った。

## 先生との別居

病棟内の診療方針は、基本的に「チーム」で決められる。わたしを取り巻く最強（恐）の三位一体チーム体制は、

①主治医の先生「更紗ちゃん、お説教されるの好きなんでしょ」（ジーザスレベル）
②主治医の先生の上司「甘い！　自立！　労働！」（神レベル）
③プロフェッサー「アメイジングだね！」（宇宙のスター）

このようなメンツでがっちり固められていた。先生たちのプロフィールを見ると、ナン

トカ学会、カントカ学会、ナントカセンターナントカ長、普通の人が見たら思わず手を合わせて拝んでしまうような肩書が並んでいた。

もともと文系の大学院生だったこともあり、ナントカとかの権威がいっぱい並んだ象牙の塔の世界の事情も、すこしは想像がついた。学会で発表などを続けながら、現場のお医者さんとして激務を続けるのだから、現時点での臨床医療のトップランナーであることに間違いはない。

とにかくもう、三人ともハイパーで浮世離れしている。毎朝五時に起きて、一日も欠勤しないという人は、この世の中にそんなに多くはない。こんなハイパーな肩書のドクターたちをもってしても「よくわからない」のだから、難病とは奇怪なものだと思う。

病院内ライフでは、主治医の先生が二十四時間、頭皮から髪の毛、爪先まで。おしりも皮下組織も消化管の中も、常時見守り続けてくれた。両親にすら、こんなに密に連れ添ってもらったことはない。

というか。院内の難病患者――主治医の関係の密着度に相当するものが、社会の中でほかにあるだろうか？　「治療行為」に先生は医師の魂をかけ、わたしは命をかけている。

わたしは、症例がほとんどない「謎のケース」なので、「やっぱりわたしたち、気が合わないわ」などという思考は脳裏に浮かぶことすらなかった。

「わたしには、先生しかいない」

「親子」や「夫婦」とも質がまったく違う。わたしは先生と別れたら、「本当に死ぬ」のだ。密室のカラオケボックスの中で、ガッツリ二人密着して、激しいタンゴを踊り続けているような感じだろうか。

退院するとはいえ、第一回目の通院外来は明後日だ。さようなら、という雰囲気は一切ない。しかし、いよいよ先生たちと「別居」するのだという感慨に満ちあふれて、すこしだけ涙が出てきた。

## 退院は、わびしい

病室のリノリウムの床にぽたりと涙が落ちる……前に、次から次と、やることがどんどんふってくる。事前に手書きで作成した「退院計画・段取り表」に従い、手続きや処理をこなさねばならない。

夕食を終えると、まず薬局に向かった。退院のお持ち帰り薬の打ち合わせだ。担当の薬剤師さんが、パンパンに膨れたスーパーの買い物袋のようになってしまった二週間分の薬の束を渡してくれる。

「飲み方とか使い方は、病院の中と変わらないから大丈夫だよね？」

「はい、大丈夫です」

「じゃ、ちゃんと飲むんだよっ！」

薬剤師さんは若いお姉さんで、ずいぶん仲良くしてくれた。

看護師さんや薬剤師さんは女性が多く、ドクターたちは男性が多い。圧倒的な権限を持っているのはドクターだけれども、実際に病棟の業務をまわしているのはナースだった。病院は男社会なのか女社会なのか実はよくわからない。

薬は、朝六時の起床直後から夜眠るまで、とりあえず七回に分けて、内服薬が一日二十九錠。それ以外に、元おしり液体が大量に流出したおしり洞窟や潰瘍《かいよう》のための外用薬、痛み止めや点眼薬など。肝心要のステロイド「プレドニン」の投与量は二十ミリグラム。

ピンク色で、指の先にのせられるような小さな飲み薬。それなのに、「万能」だと錯覚しそうになるほど、強力に炎症を抑え込む。大きい力には、代償がともなう。

二十ミリグラムという量はとても厄介だ。感染症にかかったりするリスクや副作用をかんがみて、入院して管理するか、退院して外来管理に切り替えるか、そのボーダーラインとされている量だ。

薬剤師さんの「病院の中と変わらない」、その言葉に無性に不安になった。病院の中と、外は、変わるんじゃないだろうか。何が変わるのか、具体的には想像もつかないほどに。

薬局から病室に戻ると、両親が戻ってきていた。主治医の先生たちが二人に何を話したのか、詳しくは知らない。「自立です！」「国や他人に頼らず生きましょう！」という、わがスーパードクターチームのスパルタ治療哲学を滔々《とうとう》と説かれたらしい。

が、二人とも日々の激務に、福島の里山限界集落の維持や近隣のお年寄りのお世話、さらには東京にいるのかミャンマーにいるのかわからないがとにかくアジアの辺境地域でチョコマカしていたはずの娘が、突然、世界で数えるほどしかいない難病になったことで生じた経済的・物理的負荷からあまりに疲弊していて、「更紗の先生たちっちゃ、頭の優秀な、お医者様なんだべなあ。オラたち田舎弁だから、なんだか話すの恥ずかしーよ」というう、ごくさっぱりとした感想のようなものが口をついて出ただけだった。

「退院するにも、いろんな人にお世話になったんだべ。オラらは、会計のゼニ準備するのと、荷物の段ボール、マンションに運んだだけだから」

「うん」

実は入院中に知り合ってボーイフレンドになりかけみたいな人が、診察に来たついでだと言って荷造りを手伝ってくれたとか、これから暮らすQ区の障害福祉課の人が、今日に間に合わせるために緊急判断的な措置決定でさまざまな手続きの手伝いをしてくれたとか、相談支援員さんがついてくれてナースとカンファレンス（会議）してくれたとか、二人に言っていないことはたくさんある。わたしは「一人で生きていく」と決めたのだ。両親は、細かいことは知らなくていいと思った。

## 第2章

# シャバの初夜

二十時、退院予定時刻。

「退院計画：段取り表」を、なんとか、ひととおりクリアした。

自分の家と錯覚するほど馴染んだ病室は、九か月間ぶんの荷物のエベレストが運びださ
れ、今はがらんとしている。

二人部屋だけれど、今日はたまたま隣のベッドが空いている。お隣の人に遠慮すること
もなく、誰もいない部屋で病室との別れを惜しむ。

二つのベッドの間のスペースに立って、左手で使い慣れたベッドの手すりを撫でながら、
右手で使い慣れない杖を握った。

「さよなら、619号室。また逢う日まで」

ヨロヨロと這いずさりながら、エレベーターの「下」ボタンを押す。

「ポーン」と音が鳴った。エレベーターの下の世界と、自分の世界が接続する音。扉の前
まで、主治医の先生と、その上司の先生が出てきてくれた。

「僕が常に見張っているからね！　手を抜かないように！　ハハハ！」

と、トップの先生に、ややスパルタ風に励まされる。

「じゃ、明後日ね！」

と、外来診療担当になる主治医の先生は、ポーカーフェイスで手を振っている。

わたしが会釈をして顔を上げると、先生たちはすでに背中を向け、次の仕事へ向かっていた。

ナースステーションでは、もう今夜のカンファレンスが始まっているようだ。白衣の先生たちが、眉間にしわを寄せて、円になっているのが見える。明日への引き継ぎと、入院患者さんの診療方針の会議をしているのだろう。エレベーターを待っている間、ポロポロと先生たちの話し声が聞こえてきた。

「これ来月〆切のジャーナルでしょう、いきなり振られても困るんだよ……」

「ほんとに参ったな、外科が切ってくれなかったらどうにもならない……」

「このバイタル見て、なんでこれに気づかないのか……」

難民には、家がない。その場所を家だと錯覚するだけで。

わたしが今日ここをいなくなっても、病院には何の変化もないのだ。

明日の早朝には、清掃業者の人がやってきて、病室は滅菌消毒され、クリーニングされたシーツと枕が設置される。そして、新しい患者さんが入院してくる。わたしがここに九か月間逗留していた痕跡は、一晩で跡形もなくなるのだ。

「退院って、わびしいな……」

両親には、先に駐車場に行ってもらった。世間一般でイメージされているような拍手も花束も、涙も感動も特になかった。わたしは初めてここに来たときと同じく、一人で、夜の病棟のエレベーターを降りた。

改築されて日が浅く、見た目は新しい病院棟を出て、事務と研究棟が入っている古めかしい建物の門をくぐる。あまりに頑強で、戦災でも焼けなかったというレンガ造りの事務棟は、昼間でも薄暗い。この時間、職員は誰一人おらず、廊下はシンと物音ひとつしない。わたしが杖をひきずる音だけが、「パタッ、コツン」と石造りの廊下に響く。

## こうして「門」を出て行った

事務棟を出ると、外気。

六月の風は、なまあたたかい。

真っ暗な闇に、駐車場の外灯がともっている。かげろうのように、レンガの輪郭がぼやける。外灯ってこんなにきれいなものだったのかな。

ぼやんと、目の前に二つのまるっこい影が浮かんだ。

「おとうさん、帰り道の高速から、『ベイブリッジ』の夜景っちゃ見らんにだべか」

「どうなんだべな」

ムーミンのようなパパ、ママの、まったく緊張感のない会話に、ガックリくる。

福島県の里山で暮らしている二人は、前日の夜中に祖父の姉（百三歳）が救急搬送され、朝三時に病院へ向かい、そのあと午前中はそれぞれの仕事へ行き、午後から高速をすっとばして五、六時間かけて東京へ到着していた。

わたしの退院を見届けて部屋に送り、また福島へ夜中戻り、明日の朝から仕事だという。

親というのは子どものためなら何でもしてしまうのかもしれないが、わたしだったらとても真似はできない。

過労状態でちょっとハイな両親との会話は、だんだん繰り返しのループにはまってゆく。

「いやー、さすけね（大丈夫）のか」

「いやー、いいから。どうしたって、今晩から一人なわけだし」

「いやー」

「いやー」

こうして延々と、押し問答を繰り返しながら車まで移動するうちに、三人とも瞼《まぶた》が重くなってきた。深夜の居眠り運転で、東北自動車道で事故を起こされるほうが、娘としては一万倍困ってしまう。

べつに今生の別れではないのだから。早く福島に向けて出発しないと、パパ、ママは明日の仕事に間に合わなくなってしまう。わたしは本物の彼岸が近づいてきてしまう。

「家の前まで送ってくれれば大丈夫だから」

「いやーもうちっといいばい」

病院の駐車場を発進した車の窓から、真っ暗な門までの道に茂るアジサイの生垣が見えた。

「いや、ほんとに」

「更紗が寝っちまうまで、いたっていいんだけっともない」

門を抜けると、すぐにわたしの新居に着いた。車だと、話をしている間もないほどの距離だ。あくまで粘ろうとする両親の車から、降りた。

「じゃ、気をつけて！」

強引にバイバイと手を振る。

「やっと、一人になった……」

エレベーターの「上」ボタンを、ポチッと押した。どんどん意識が遠のいていく。関節や筋肉は、アントニオ猪木にコブラツイストをかけられているかのように軋む。

もう、時刻は夜の二十一時だ。この建物の廊下は薄暗くて、視界がぼやけてよく見えない。イマドキの1DKの貸し間のドアというのは、

「ダブルロック方式というものが流行っておりまーす！」

入院しながら物件を必死に探し、契約書にサインしたとき、不動産屋さんがそう言っていた。

ダブルロック、耳慣れない言葉だ。耳慣れないというか、そんなものがこの世の中にあることを初めて知った。それは上下二つ鍵穴があり、いちいち両方とも施錠・開錠しないといけない代物らしい。使えるエネルギーは非常にかぎられているというのに、労力が鍵穴一つぶん増えるのか。

肺活量が低下しているので呼吸が浅くなり、血中酸素濃度が不足してゼイゼイと肩で息をする。無意識に、「視界が、赤いな……」と自分の唇から勝手に声が出てくる。

「これが、世にいう独り言か……」

とこれまた自分で自分のセリフに応答する声が、虚空にこだまする。

## 開かないドア

ボーッとして、ハッと正気に戻る。

ここで立ち往生してはいかん、まずは、ドアを開けなければ。

赤くぼやけゆく視界の中で、日本社会のドアの鍵をダブルロック化してゆく意義というものは一体何なのかを考える。

二つとも同じ鍵穴なのに、二つあると防犯効果はどう高まるというのだろうか。仮に、わたしがプロフェッショナルな泥棒だったとして、一つ開錠できたら、もう一つを開錠するなんて十秒くらいの手間の差しか出ないのではないだろうか。

朦朧《もうろう》とした状態で、毎回二度も施錠する徒労と、十秒くらいの防犯効果を天秤にかけた場合、エネルギー消費率はどう……。

（四の五の言わずに、早く入りたい）

と自分でも思ってはいるのだが、なにしろ手元がうまく動かないのだ。予想外の事態にも対応できるように、万全の防備体制をしいたつもりだったのに。

退院時の手荷物は最小限にして、しかも軽量タイプのリュックに詰めて背負っている。黒いナイロン製の、総重量百グラムあるかないかの、羽のように薄っぺらく軽いリュック。多少の経年劣化はみられるものの、耐久性は抜群だ。このリュックはかつて新宿の東急ハンズで購入し、ミャンマーの難民キャンプの険しい山道を登っていく際の友として、四年間愛用していたものだ。

雑菌や紫外線など自然の猛威と難病は相容れないが、山野郎系（山登りをするナイスガイのイメージ）のメーカーが山の猛威に対抗するべく開発してくれた便利なグッズは、難病ライフとの親和性が非常に高い。自力での移動もままならぬ超インドア派なのに、アウトドアグッズがとても役に立つ。

上京してきて間もない学部生だったころに、東京人ぶるべく購入し使っていたレディースバッグは、とてもじゃないが重くて持てなくなった。デパートやファッションビルで店頭販売されている、装飾がたくさんついたパリコレ風の革製ショルダーバッグを持つなど、腕にジャイアント馬場をぶらさげるに等しい暴挙だ。

痛むうえに筋力がないという病態は、人間のファッション観をきわめて実用主義的にさせる。

第一に、軽量至上主義。さらには、ステロイドの副作用で皮膚組織が薄弱化しているので、肌触りにも敏感になった。発病する前は、着る服の生地や履く靴の素材など、気にしたこともなかった。今や、服がゴワゴワしていると、肌がシクシクと痛む。硬い靴を履くと、足がすぐにずるむけて感染症源となる傷ができてしまう。

今後は、人に優しい素材と、人に負荷をかける素材を瞬時に肌で判断していかなくてはならない。

「鍵……かぎ……ＫＡＧＩ……」

鍵を取り出すために、背負っていたリュックをズリッ、と腕に抱えると、そのまま地球の重力に従い、廊下の床に身体がめりこんでいきそうになる。

とにかく、気合だ！　燃えろ、鍵！　ダブルローック！

「グシャン！」

「ゲシァアン！」

感動の、これが感動の瞬間！

開錠を果たした。次はいよいよ本当のオープンである。縦型のドアノブに手をかける。ぐっ、と握って、引っぱればいいはずだ。

「うん？」

どうしたことだろうか。開かない。ロックは確かに解除されているが、引いても開かない。押してみたが、やっぱり開かない。

しばらくぶりのシャバなのだ、ドアの重さが変わったことくらいで動揺していては、この先、やってはゆけないよと自分の心臓に言い聞かせる。

しかし、本当に開かなかったらどうしたらいいのだろうか。さきほどまで生存の拠点であった病院の６１９号室は、明日の朝には清掃業者さんが滅菌消毒して新しい患者さんが入る。戻る場所はもはやない。

腕の力だけで開けようとするからいけないのではないか、という仮説を立ててみる。

高校の選択科目は地学を選んだので、物理を学んだことはないのだが、なんとなく、物理の法則に従えば、力を一点に集中し全体重をかけたほうが腕だけを使うよりもドアに対する突破力が高まる気がする。

指をステンレス製のドアレバーにかけ、腕の力を抜く。しょうがない、不本意だが女子のウエイト（体重）を重りにして、ドアを引こう。

「ヨッコラ、ショ」

わがことながら、二十代で発するにはふさわしくないかけ声とともに、重いドアを開けた。

## シャバ生活における、説教の不在について

足を、踏み入れた。これが、わたしの部屋になる部屋。

やたらと視界が白くて、瞼の裏がチカチカとする。白い壁紙が目にしみるような気がする。引っ越しの準備は数か月前からしていて、この部屋の賃貸契約はすでに六月一日から始まっている。今はもう六月末だから、六月中は誰も住んでいなかったことになる。空気の流れが止まっているようで、座敷童か何かが住んでいそうだ。

リュックを机の上に置いて、パジャマに着替える。入院中、大学時代の友人がお見舞いにプレゼントしてくれたものだ。無印良品の画期的な構造のパジャマで、一見ボタン留めのように見えるが、なんとマジックテープで着脱をすることができる。これなら、なんと

か一人でも着られる。利用料金一日七十円の、ペラペラした貸し出しジンベイ風病衣以外の服を着て眠るなど、何か月ぶりなのだろうか。

ガーゼの生地がふわっと身体を包んでくれると、少しだけだけれども、痛みや倦怠感もやわらぐような感じがする。

頂き物の介助用ベッドに倒れ込む。病室のベッドはウレタン製のマットレスだったが、このベッドは介助用にしてはめずらしいスプリング式マットである。なんとなく、ウレタン製より沈みが少なくて、体重の圧力を分散させてくれるような気がする。

「これ、買ったらいくらなんだろう」

フランスベッド、とタグがついている。すでに二、三年使われており、知り合いのかたが不要になったということで譲ってもらった、中古品ではある。とはいえ、フランスベッドを所有したのは人生ではじめてだ。

発病前は、二十代女子のものとは思えぬカビくさいせんべい布団に寝ても、竹と葉っぱでできたミャンマー難民キャンプの家々の床で雑魚寝しても、なんともなかった。翌朝に身体がバキバキする程度で、なんとかなった。

今は、布団や床、「低い場所」は危険すぎる。低さは、まずい。うかつに近寄ることもできない。仮に転倒でもして起き上がれなくなったら、誰かが発見してくれるまで床でじっと待機しなくてはならない。

ボフン、と全身をベッドに投げ出す。

ベッドに手足を広げて、部屋の天井をぼんやりと見つめる。クリーニングされたばかりの、真っ白い天井。病室の天井は、白地に斑《まだら》があって、もっと高かった。

「ナースコールが、ついてない」

何かあったときに押す「ボタン」はここにはない。トイレに行きたいとき、シャワーを浴びたいとき、着替えたいとき、押すボタンがないことに愕然とする。眠前に夜勤の看護師さんがやってきて必ず行なっていた検温と血圧測定もない。測定をしなくても、眠っていいのだろうか。

「先生が、お説教しに来ない」

院内ライフ通算九か月間、ほぼ毎日、主治医の先生とその上司の先生が、交互に病室にやってきては、お説教をしていった。お説教なしの生活なんて、この世にあり得るのか。誰にも何の断りもなく、本当に眠っていいのだろうか。

悶々としているうちに、鎮痛剤と眠前薬が効いてきて、極限の疲労もあいまって、意識が薄れてきた。
「初夜」はこうしてふけてゆく。
明日から、未知の生活がはじまる。

第3章

# 在宅の夏、試練の夏

二〇一〇年六月下旬。某日。とある賃貸マンションの一室。

「これが、契約書です。住所とお名前と、ご印鑑を。割印もお願いします」

「契約書ですか。すみません……『わりいん』って何ですか」

ほんの十分前に出会ったばかりの「ヘルパー事業所」の職員の女性を前に、混乱していた。混乱しつつも、とりあえず契約書にハンコを押す。震える手先でボールペンを握りしめ、住所と名前と連絡先を、何枚も連なる契約書に、四回くらい連続で書く。

## 契約

シャバ暮らしにはヘルパーさんの手助けが不可欠と思い、入院中から区の障害福祉課の職員の人と打ち合わせを重ねていた。支給してくれる時間数は、区が決める。主治医のクマ先生が書いた「主治医の意見書」と、区の職員のかたの訪問調査などをもとに、わたしは「だいたい一日、一時間くらい」を支給されていた。

ヘルパーさんは、区の職員ではない。区にヘルパー事業を委託された、普通の会社から派遣されてくる。「のぞみ介護センター」という会社を区から紹介されて、今日は担当の人がはじめてわが家にやってきていた。ゴールドのシンプルなネックレスがとても似合う、ショートカットの若くてきれいな女性だった。

「何をしてほしいですか？」

彼女が、ニッコリしつつも矢継ぎ早に、業務的にわたしに訊ねる。

「何をしてほしいか………ですか？」

脳内のエネルギーをフル稼働させて、必死に考えた。そんなこと、病院の中では訊かれたことはなかった。

シャバに出てきたばかり、「何ができて何ができないのか」は、正直なところわからない。

発病後の身体で、シャバで暮らすのはこれがはじめてなのだ。自分でも、自分の「ニーズ」、自分に何が必要かわからないということに、愕然とした。

病院内の暮らしを思い出して部分的に参考にしながら、「最低限、自力では絶対に無理なこと」からピックアップすることにした。まずは、病態を抑え込むことと、その状態を維持することを第一義的目的とする。

ステロイドの副作用で皮膚が薄弱化し、強い洗剤などに触れることができない。傷がつくと、感染症の感染源にもなる。ステロイドを二十ミリグラム投与している状態なので、感染症にかかりやすく、かつ急速に重篤化する。室内は清潔を保ち、ほこりや雑菌とはできるかぎり決別しなければならない。

○「食器の洗い物」はできない。
○「洗濯物を干す」ことはできない。
○「お掃除」はきわめて重要な要素なのだができない。
○痛み止めのテープや塗り薬を、自力では届かない部位につけてほしい。

このとき、私が思いついた「とりあえず、してほしいこと」はこんな程度のものだった。しどろもどろ、挙動不審になりながら伝えると、彼女は素早くメモをとっていく。「プロ」って感じがする。


「一時間ですからねえ、ヘルパーによっても作業スピードが違うので」

「そういうものなんですか」

「とりあえず、明日から入れるヘルパーに入ってもらいます。毎日違うヘルパーになってしまうけれど、しばらくすれば慣れてくると思います」

「毎日、違う人が来るんですね」

「初回は、わたしが同行します。不安なことはわたしに何でも言ってくださいね。あ、そうそう。キャンセルされる場合は、前日までに連絡してください。当日のキャンセルは、『キャンセル料』が発生します」

「キャンセル料……ちなみにおいくらですか？」

「一時間だと、身体援助三十分、家事援助三十分ですから、しめて四〇〇〇円になります」

「四〇〇〇円！」

さわやかなスマイルとともに、「のぞみ介護センター」の女性は帰って行った。

残されたわたしは、契約書を読み返す。「キャンセル料」の欄を見て、ふと気がついた。さっき「キャンセル料」と聞いたときは、なんでそんなものを取るのだろうと一瞬びっくりしたけれども、これは雇用契約みたいなものだ。ヘルパーさんはボランティアでもお手伝いさんでもなく、時給で働いているプロの「労働者」なのだ。

病院の中では、「完全看護」なので二十四時間オンコール、ナースコールを押してちょっと待てば、ナースがいつも来てくれる。

ヘルパーさんが来る時間はかぎられ、時給は決まっている。「契約書」という、ちょっとビジネスライクなものでつながれた関係。何でもかんでも、してくれるわけじゃない。「してほしいこと」を自分から伝えて、生活するためのサービス計画を自分で立てないといけない。自分の生活は、自分で考えるんだ。

主治医の指示どおりじゃなく、病院の時間割どおりじゃなく。

つらいけど、自由だと思った。ああ、ここは、シャバなんだ。

## ヘルパーを、見た！

翌日から、さっそく一人目のヘルパー、須賀さんがやってきた。

ちょっと、ピーターに似ている。声が低くて、日焼けして、かっこいい都会の五十代って感じだ。あとで聞いたことだが、ゴルフが趣味なのだという。

須賀さんは、あまりしゃべらずに黙々と、見事に作業をこなしていく。

入ってきてまず、洗濯機のスイッチが入っているかどうかを目視で確認し、「スイッチ入れますね」と洗濯機のスイッチを入れ、すぐにシンクで食器洗いにとりかかる。

わたしが「何をしてください」「これをしてください」といちいち言う前に、言いたいことを読んで、先まわりしてくれる。

熱冷ましにと、冷凍庫の中にバラバラたくさん保冷剤が入っていた。冷凍庫を開けるなり、

「こういうのはね、牛乳パックがいいわよ」

と空いている牛乳パックを半分に切って洗って乾かして「即席保冷剤ケース」を作ってくれた。冷凍庫の中が、すっきりした。

「へんにお金をかけなくても、整理整頓はできるのよ。まあ、何でも言って」

東京砂漠でも、ミャンマーやタイの辺境でも、一人暮らしすることには慣れきっていたが、健常者時代はたいてい「プライベート空間」は自分だけの空間だった。こうして、ほかの人の「生活の知恵」に触れることは、新鮮だった。

ほんの一時間後、退院してきたばかりで雑然としていた部屋は、すっかり整えられていた。

あくる日、花村さんというヘルパーさんがやってきた。

花村さんは、おっとりした感じの人だ。部屋に入ってくると、まずシンクの食器を一つ一つ丁寧に洗い上げる。ゆっくりと三十分かけて、食器をふきあげて食器棚にしまうところまでするると、

「あ、お洗濯、スイッチ入れてなかった」

と、洗濯機のスイッチを入れた。洗濯機がまわりきるのに間に合わないので、昨日干してもらったものをたたんで、この日は終わった。

食器を洗うのと、洗濯物をたたむことに、こういうふうにゆっくり一時間かける人もいる。

週七日、毎日違う、七人七色のヘルパーさんたち。

ヤンママ風でテキパキした成島さん、おしゃべりで自分流のこだわりがある岡野さん、足が悪くておばちゃん然とした角田さん、まだ二十代で下に兄弟が三人もいる池上さん、持病があって苦労が多そうな宮本さん、共通していることは、みんな「女性」だ。

大都会東京で、働いて身を立てる女性たちであり、全員の人生にドラマがある感じがし

た。

七人それぞれの「生活感」が、わたしの一週間の生活に入ってくる。

「須賀さんが来る」日には、須賀さんの人生経験が、ちょびっと分けてもらえる。

「成島さんが来る」日は、成島さんのQ区の地元のお店情報を、聞ける。

ヘルパーさんたちが「一日一時間」家を出入りする生活に、わたしはあっという間に慣れていった。何より、一時間内でしてもらえることは、わたしにとっては命綱なのだ。

このころは、とにかくかぎられた時間の中で、どうやって効率的に作業をやりくりするかで頭がいっぱいだった。朝起きて、「今日してほしいこと」のメモを作ったり、ヘルパーさんが作業しやすいように、掃除用具や洗剤等のストックの場所をリスト化したり、「効率的利用者」にならなければならないと思った。

わたしが住んでいるQ区は、高齢化が急速に進んで、ヘルパーさんたちは介護保険、高齢者介護のお仕事がほとんどで、若い人のホームヘルプに入ることは少ないということだった。

「更紗ちゃんみたいに若い、特に一人暮らしの女の子の利用者さんは、少ないよ〜。たぶん、親御さんと住んでる人が多いからかねえ」

そのせいかもしれないが、ヘルパーさんたちはわたしにとても丁寧に接してくれた。

## コンビニ訪ねて三千里

目の前が、蜃気楼みたいにユラユラとする。

重力で地面に足が吸い込まれそうになるが、杖を握りしめてそれを必死に引き戻す。なぜ歩道には、十五メートル間隔くらいに「難病休憩所」がないのだろうか。いや、むしろ五メートル間隔でベンチがほしい。

在宅ライフがスタートしてから、「外来」に週に二度くらい通う生活が始まっていた。

「ゼイ……ゼイ………………」

紫外線を避けるために日傘を左手に持ち、杖を右手に握っている。感染症予防のマスクをつけて、UVカットレンズの入った度付きサングラスをかけているので、見た目、相当怪しいのではないかと思いつつ、人目を気にしている余裕はまったくない。

通りかかった、近隣の会社員と思しきおじさんが、「この人は、大丈夫だろうか……」と不審気な表情を浮かべているのを視界にとらえたものの、「いや、今、外科に向かおうとしている途中で、わたしはおしりに洞窟があって……」とわざわざ説明するわけにもいかない。

入院中、左のおしり全体がぱんぱんに腫れあがり、あまりの激痛に寝ることにも座ることにも難儀していたある日、そのおしりが破裂して濃厚チョコレートフォンデュのような膿がとめどもなく流れ出すという事件があった。このときにできた「おしり洞窟」はまだふさがっておらず、液体の流出も止まっていない。ガーゼをあてたまま外を歩くと、癒着しきっていない皮下組織が「ずれる」感じがした。「ステリストリップ」という、外科で使う両面テープのようなもので、洞窟の入り口を留めているのだが。

家から病院の門へ向かう道は、一本でまっすぐである。発病前なら、徒歩でほんの二、三分かかるかかかからないかの距離だ。

病院の門が視界に入ってくると、辿り着けるかもしれないという希望が芽生えてくる。ようやく、門の前まで着いた！　でもまだ門。門からが遠い。

病院の建物までは、数百メートルくらいある。敷地内の小路の両脇にはアジサイの生垣が生い茂り、戦前から植えられているという杉の巨木がにょきにょきそびえたっている。この小路は、近隣住民の散歩道になっているらしく、ワンちゃんを連れたマダムの姿が見える。ワンちゃんに追い抜かされながら、「あとすこし、あとすこし……」と念仏のように自分に言い聞かせた。

病院玄関の自動ドアの前に着くと、ヘトヘト。たったこれっぽっちの距離を進んだだけで、一日のエネルギーを使い切ってしまったような気がした。

外科の先生は、病棟の中では「大変な人」を一日中みているので、女子一人のおしりが「ずれて」いようとも動じず、淡々と冷静に処置をしてくれる。

外科のK先生は、

「これは、長期戦だな。くっつくまで、待つしかないよね」

とジェントルに励ましてくれる。

でも、わたしは内心、不安でいっぱいだった。K先生は、処置の仕方は何でも知っていて、対応してくれる。けれども、どうやってわたしが毎回一人で病院に辿り着けばいいのかを教えてくれるわけではない。

こうやってフラフラと、病院と家をさまよい行き来する日々が続いた。

外科の処置と、会計を終えて、家に戻るとベッドに倒れ込む。

意識をなくすように数時間眠ったあと、自分がかいている汗が首筋をつたう感覚で、目が覚める。

ベッドの上でLet's noteを開いて、スイッチを入れる。人類生きていればみな、「お買いもの」をしなくてはならない。

パソコンとインターネットは、動かなくても世界中につながるから、難病になってもとても便利なものだ。

アマゾンのサイトをひらいて、白十字のＬＬサイズの特大ガーゼ（二十四枚入り）を買う。そして楽天で、カロリーメイトゼリー（二十四パック入り）を買った。

アマゾンと楽天で、わりとたくさんの品物が買えるようになった。

重体状態でも、インターネットと技術の進歩によって、多少の期間は兵糧戦ができるようになっていると、病院内でほかの患者さんから聞いていた。だが実際は、インターネットだけで女子一名の生活必需品をすべてそろえることは、ちょっと無理だった。

「コンビニに行きたい」と思った。水道光熱費の振り込みをしたい、生鮮食料品やキシリトールガム、切手を買いたい。

二〇〇九年に入院生活が始まって以来、病院の外でまともに買い物をしたことがなかった。必要なものは、誰かに頼んで買ってきてもらうことばかりだった。

自分で、物を買いたい！

わが家から約五百メートルの地点にセブン-イレブンが一軒あることは、入院中から知っている。日中は日傘をささなくてはならないから、片手がふさがってしまう。買い物袋を持つと危ない。セブン-イレブンに挑戦するのは「夜」にしよう、と思った。

暗くなってから、夜行性動物のようにのそのそと、杖をついてマンションの外に出た。両手がフリーになるように、リュックを背負う。

七月のなまぬるい風が吹く静かな住宅街は家の灯りだけで、わりと暗い。

遠くのほうに、セブン-イレブンの赤・緑・オレンジの看板の光が見える。

五百メートルはすごく遠かったけれど、店内に入ったら、気持ちが明るくなった。

「いらっしゃいませ〜」

店員さんの呼びかけがうれしい。コツコツと杖をついて、キシリトールガムのボトル入り一個と、八十円切手、五十円切手をそれぞれ十枚ずつ買った。

「二三〇〇円になります、ありがとうございました」

セブン-イレブンの夜勤のおにいさん（四十代くらい）にそう言われると、感激して、

「ありがとうございました！」

とうっかりお礼を叫びそうになった。お財布からお金を出して、外で物を買ったのは、本当に久しぶりだった。


また、セブン‐イレブンに来たいなあ。

でも、来られるかなあ。


**そうだ、日傘、買いに行こう。**


あちこち痛むが、今度は外出をしてみたくなった。

セブン‐イレブンもまた行きたい。そして今度は、デパートにも行ってみたい。

でも、どうやって行けばいいのだろうか。

発病前、通学のために乗っていた地下鉄のラッシュアワーのことを思い出してみる。今の状態であの中に飛び込んだら、救急車で運ばれて、先生に怒られることは確実だ。

そのとき、iPhoneからメールの着信音が響いた。

「今度の水曜日、外来で東京に行きます」

おお。シャバに出る決意をさせてくれた、「彼」からだった。

病院の中で、死にそうだったわたしの存在を、ギリギリセーフでつなぎとめてくれた人。

退院してから、在宅生活のアレコレに追われて、しばらく会っていなかった。

反射的に、返信した。

「日傘、買いに行きたい」

いちおう、日傘を買いに行きたいというのは、差し迫った「言い訳」だ。自己免疫疾患からくる紫外線過敏対策には、今持っている日傘ではこころもとなかった。

先日、朝日新聞の朝刊で、「紫外線九十九パーセント遮光！」という傘の広告を見た。「九十九パーセント遮光！」という文字に猛烈に心ひかれた（残りの一パーセントは一体どうなるのか、よくわからないけど……）。

雨風も一緒にしのいでくれる晴雨兼用。どこでも持ち歩ける折りたたみ。あと、普段外に出るときは必ず持つものであるから、やっぱりちょっとはおしゃれなものがいい。カラスみたいな日傘だと、心まで暗くなるような気がする。

彼は少し遠い関東圏から片道二時間くらいかけて、車で月に数回、手術後のリハビリも兼ねて通院していた。

「いいよ」

これは……。デート……かもしれない!!

第4章

# 2010年、うちゅうじんとの遭遇

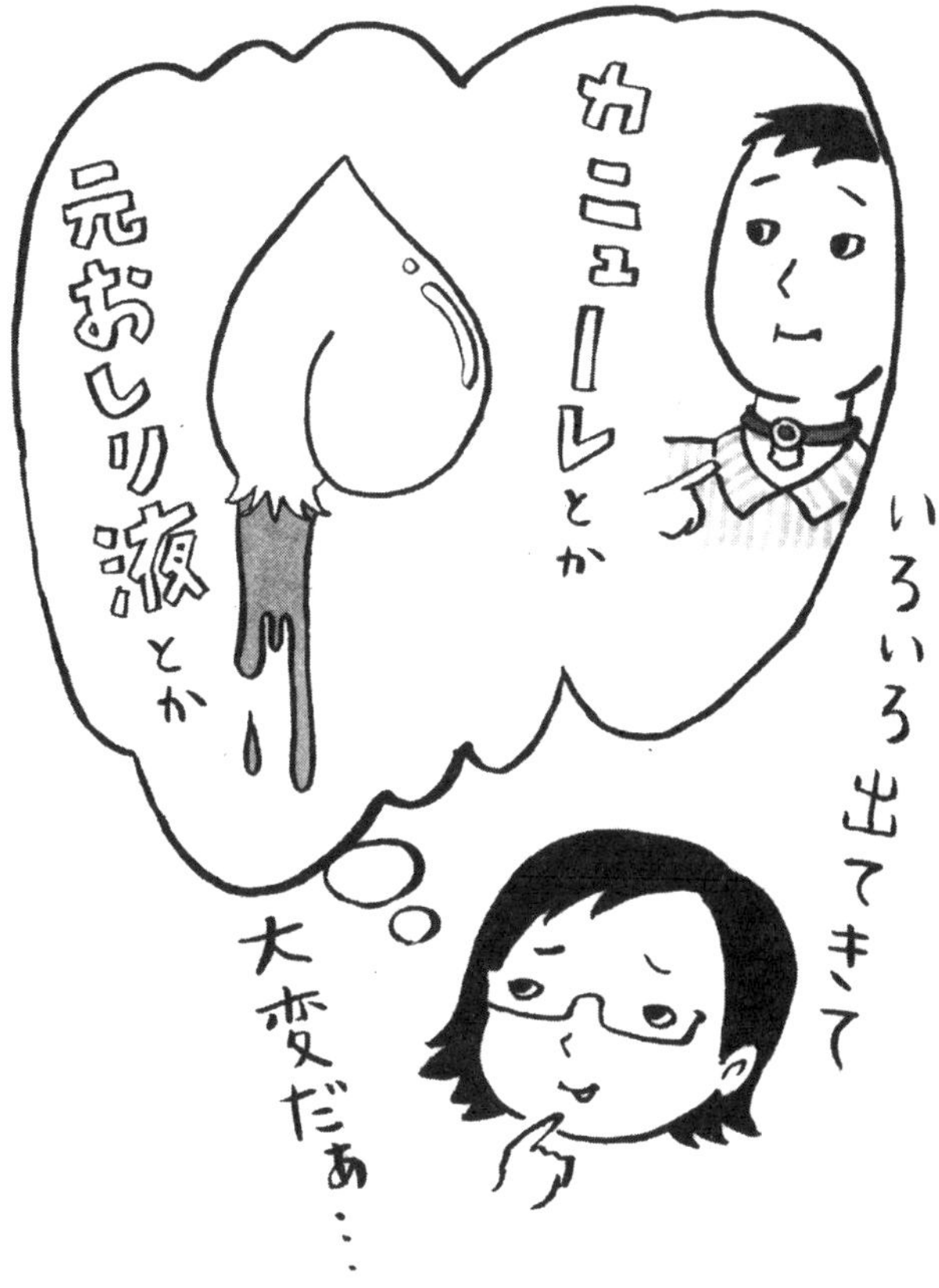
カニューレとか
元おしり液とか
いろいろ出てきて
大変だぁ・・・

「これ、いろいろ用意してきたから。車の窓につけるサンシェード（日除け）、氷嚢《ひょうのう》、ポカリスエットでしょ。あと……寒くない？　エアコンききすぎ？　一応ブランケットもあるよ、それから……」

ピンクの杖を片手に車に乗り込むと、矢継ぎ早にたくさんのモノを出された。

今まで病院の中で使っていた折りたたみ式の茶色い杖は重かったし、何よりダサかった。デートするには向かない。

介護用品の業者さんをインターネットで探して、杖カタログを取り寄せた。カタログに載っている杖は数百種類あるのだが、おおむね全部「老人」ぽい。あるいは「男性のリハビリ」ぽい。女子が使えるようなものがない。

そんな中、ひとつだけ見つけた！「超軽量！かるケイン」というやや怪しい名前の製品だが、色は鮮やかなピンク色だ。はっはー、デート用。

## シャバのデートは、段差あり

車のナビに、「東京都渋谷区恵比寿4-20-7」と入力する。目的地は恵比寿の三越。

三越……デパート……百貨店だ！　まさか生きてまたデパートに行ける日がこようとは。しかも「デート」……！

ナビに文字を入力しながら、感極まって涙が出てきそうだった。

彼は、都内を運転したことはほとんどないらしい。家と病院の行き来だけで、東京都内のどこかに出かけたことはないのだという。

わたしは不思議に思った。二十五歳までバリバリの健常人だったわたしは、中学生のときには、原宿に憧れて一人新幹線で買い物に行ったり、ビジュアル系バンドのライブや、クリスティーナ・アギレラの来日ツアーを観に来たりしていた。そして十八歳からは、ずっと東京で一人暮らしをしている。福島の山奥、里山育ちだが、なんだかんだ東京との縁は深い。つい、お気楽に訊いてしまった。

「おうち関東なのに、運転できるのに、病院にしか来なかったの？」

彼の表情はちょっと曇って、それから、なんだか重要なことを話すような顔つきになった。

「うん、病院しか行かない。ていうかね、住んでる県から、病院以外の用事で出たことない」

え、と一瞬固まったけれど、車が発進したので、ナビ役をつとめなくてはならない。わたしは車窓の外に意識を切り替えた。

紫外線が車内に射してきて、サンシェードを装着していても皮膚がひりひりする。


デパートになんとか到着し、ピンク杖をコツコツとつきながら日傘売り場に辿り着くと、平日の夕方だったが、お客さんはほかに誰もいなかった。日傘売り場のおねえさんに「朝日新聞の広告で紫外線『九十九パーセント遮光』の日傘があると書いてあって……実は紫外線を浴びられない病気でして」と説明すると、「なるほど、それでしたらこちらなど。少々お値段は張りますが、こういうものは安いものより、ある程度きちんとした製品が断然おすすめですよ」と八〇〇〇円の日傘を勧めてくれた。

ちょっと悩んだが、背に腹は代えられない。

「更紗ちゃんは、すごいね」

お会計のときにふと、後ろに立っていた彼が言った。

「何が?」

「いや、なんつうか……。俺だったらさっきみたいに説明できないから」

「へ？」

まあいい。せっかく、百貨店に来たのだ。しかもデートだ！　デートらしいことを一つくらいしておきたいところだ。

「お茶、飲もうよ！」

日傘売り場と同じフロアの、カフェに入った。

「カフェラテと……何にする？」

「じゃ、同じもので……。やっぱり、すごいね」

「へ？」

「いや、俺はこういうとこで、飲み物とか頼んだことないから」

「へ……⁇」

ちゃっかり日傘を脇に抱えたわたしは、お冷を飲みながら、また固まった。

なんだか、とても、人間にとって重要な台詞を聞いてしまった気がして、いたたまれないような、何とも言えない気持ちになった。

彼の年齢は、わたしよりひとまわり上。わたしがもっている「その世代」の人たちのイメージというのは、「就職氷河期」と言われながらも、一部ではバブルの残り香を謳歌してきた人もいるというような感じだ。

そんな時代を生きてきたはずの彼が、カフェで飲み物を頼んだことがない、という。このときは意味がよくわからず、言葉にもならなかった。生まれたときから先天性の疾患をもって生きるというのがどういうことなのか。難病になってから約二年しかたっていない「新人」のわたしには想像も及ばない世界で、過ごしてきたのかもしれない。

## うちゅうじんとの遭遇

入院しているときから、ツイッターを使うようになった。

何をかくそう、わたしは「オタク」だ。といっても、アニメや漫画を愛好するのではなく、通信速度の速いUSBケーブルやSIMカードフリーモバイル、小型電子機器を求めて秋葉原の電気街を徘徊するタイプのオタクであった。

発病前は、フィールドだったタイやインドネシア、中国やミャンマーで、いかにして現地の人と通信をはかるかという必要に迫られていたわけだが、途中からは半ばコレクターのようになってしまった。

ツイッターは、iPhoneを使うようになってしばらく経ってから始めた。退院することを決心してから、病院で起きた出来事などを「つぶやき」始めた。

「せちろうくん」にツイッターでフォローしてもらったきっかけは、もう忘れてしまった。最初は女なのか男なのかセクシャルマイノリティなのかもわからず、難病で大学院に行っている、という情報のみ。

「難病」とひとことで言っても千差万別だ。とりあえず、わたしが罹患した自己免疫疾患系の人ではなさそうだった。でもともかく、「病院の外で生活している、難病の人がいるんだ」と素朴に驚いた。巨人ファンだとプロフィール欄にあるのを見て、わたしはレッドソックスかヤクルト派だから、敵対したらどうしようかなと思った。

退院して、在宅ライフの大混乱が少し落ち着いた頃。おそるおそる、ダイレクトメッセージを送ってみた。

「東京に、住んでる？」

多少の無理をしてでも、この人には会わなくては、と思ったのだ。わたしはこのとき、シャバで難病をもちながら生活し続けていく方法が、わからなかった。

「Q区にある大学の大学院に通って、大学の近所に住んでるけど……」

「えー！　うちも、その近所だよ！」

なんという偶然。灯台下暗し。数日後に、彼が通っている大学のカフェテリアで会う約束をした。

## 「せちろうくん」の衝撃

その日、せちろうくんは、電動車いすでピューッと風のように現れた。

鮮やかに登場したのにびっくりしたが、何かが喉からニュッと出ていることに気がついて、まじまじと見つめてしまった。「すごい！」とこれまた素朴に驚いた。

なんたって、喉にカニューレさしたまま（いや、人工呼吸器ユーザーだから当然なのだが）、ここにやってきているのだ。

カニューレがささっているので、あんまり声が出ない。消毒用のイソジンが、ちょっとだけ喉元のガーゼににじんでいた。

わたしも、おしり洞窟から元おしり液体が出てきたり、熱が出てきたりする。みんな、いろいろ出てきてたいへんだな……。

気管切開をして、人工呼吸器をつけている人が、しかも大学院生が、目の前にいる。

「ごはんは、口から食べられるの？」

「食べられるよ。まあ、油断して誤嚥《ごえん》しちゃうと、たまに気管に入っちゃうんだよね」

「呼吸器はどこ？」

「ああ、家だよ家。ぼくは、夜間の眠るときしか呼吸器はつけないから」

今まで、人工呼吸器は二十四時間つけるものだとばかり思っていた。

「なんで気管切開してるのに、しゃべれるの？　声はどこから出てるの？」

「実は、大学三年生まではしゃべれなかったんだよね」

せちろうくんは、先天性ミオパチーという、生まれつきの難病の当事者だ。普通学校に通い、普通の教育を受け、学校では十四歳までは「ちょっと体の弱い子」的な位置づけだったらしい。なんと体育にも参加していたらしい。ただ足は遅く、特に持久走がダメだったという。持久力のほうの筋肉が弱いことが特徴だった。

十五歳の秋に発作が起きた。そのときは心不全（心臓機能の低下）で入院して、入院初日の夜に呼吸器不全を起こしてまったく呼吸できなくなったので、口から挿管して二十四時間の人工呼吸器管理になった。

その後、ある程度回復はしたものの、就寝時に呼吸がどうしても浅くなるので、気管切開で夜間のみの人工呼吸器をつけている。「夜だけ呼吸器」なのだ。

わたしは人工呼吸器というものは、なんというか、寝たきりで病院の中にいる、今にも死んでしまいそうな人がつけるものだというイメージしかなかった。「夜だけ呼吸器」……そんなことってあるのか。

せちろうくんは、しゃべれないまま大学に入った。

その後、スウェーデンから「ラッカさん」という呼吸器ユーザーの人が来日して開かれたシンポジウムに参加して、ビックリしたのだという。気管切開しているのに、「ラッカさん」は大勢の前でしゃべっていた。本人に聞いたら「スピーキングバルブ」という特殊なものを喉に装着してトレーニングすると、しゃべれるようになるらしい。

「ユー、絶対しゃべれるよ」

そうラッカさんの関係者に言われて、せちろうくんは実行に移し、本当にしゃべれるようになったらしい。

ブワーッと興奮しながら、わたしは矢継ぎ早に質問攻めにしてしまった。せちろうくんは一語一語、喉から声を絞り出して丁寧に答えてくれた。かすれた、空気がいっぱい含まれた声だった。

わたしがコンビニに行くのにも難儀しているという悩みを伝えると、

「大野さんはさ、このままだと長距離移動できなくて生活圏が極端に小さくなっちゃうから、『電動車いす』に乗るといいんじゃないかな」

とアドバイスしてくれた。それまで、電動車いすに乗るなんて発想はしたこともなかった。

予定していた時間になった。そろそろお暇《いとま》しなければ。だんだん疲れてきた。最後にどうしても、せちろうくんに聞いてみたいことがあった。

「死にたいと思ったこと、ある？」

「へ？　ないね。まったくない」

これが、ベテランとビギナーの差なのだろうか……。

いや、そういう問題ではない気がする。せちろうくんは、今まで病院で会ったどんな患者さんともタイプが違っていた。ニュータイプだ。

「もしかしたら、せちろうくんみたいに、生きられるのかもしれない」

どうやら、地球には、まったく知らない宇宙のネットワークがはりめぐらされているらしい。
タクシーに乗って、なんとか家に辿り着くと、早速彼に報告のメールを送った。
『今日はね、すごい人に会ったんだよ！』
すると、
『それは、よかったね。俺には関係ないことですけど』
ものすごく不機嫌そうなメールが返ってきた。
なんと返信していいかわからず、そのままiPhoneを置いた。

## 電動車いすがほしい！

せちろうくんと会って以来、わたしも五百メートル以上、移動したくなった。

普通にATMでお金をおろしたい。今までは、口座から生活費を引き出すたびに、コンビニの先の、家からはすこし距離があるATMまでタクシーで往復していた。いつまでもこんなことをしていたら、お金がかかってしょうがない。

せちろうくんの言葉が、ふたたび脳裏に浮かんだ。

「大野さん、『電動車いす』に乗るといいんじゃないかな」

電動車いすというものは、どこで売っているのだろうか？

これまで生きてきて、街中で「電動車いす屋」を見たことがない。

入院していた病院の中でも、手押し用の車いすは置いてあった。検査や手術、処置するときなど、処置室の中まで看護師さんが人力で押してくれた。しかし、病院の車いすは、経営状態を反映してか、たいへんボロいものが多かった。

入院中に出会った、一人のおじさまのことを思い出した。

外資系の企業でバリバリ勤めて、定年間際だった。突然、難病を発症し、合併症で腰椎の手術を繰り返しており、下半身がほぼ動かなくなっていた。

おじさまは独身貴族で、定年したら同じ独身貴族の仲間たちと世界旅行などをする予定だったらしい。

「ちょっと予定が狂ったよ」

ダンディにほほえむ、いかにもステキな人だった。

このおじさまは、病院内に自前でインターネットとパソコンを持ち込む仲間でもあり、食事の時間に会うと世間話などをしていた。

おじさまは、入院中に車いすをオーダーメイドしていた。「OX（オーエックス）エンジニアリング」という会社が作っている製品で、病院に営業に来ていた社長さんも車いすだった。社長さんは、どうやら事故で脊髄を損傷したらしい。

病院に置いてあるものとはぜんぜん違って、パラリンピックの選手が使っているような、タイヤのホイールもデザイン性が高くて、純粋に「乗ってみたい！」と思うようなナイスな乗り物だった。

おじさまはあのとき、たしか「車いすは、『シーティング』が大事だよ」と言っていた気がする。

「シーティング」。Googleで調べてみると、それは、長時間同じ姿勢でいるとできてしまう「褥瘡《じょくそう》」防止のために、アメリカなどで先んじて導入された技術らしい（車いすにもアメ車があるのだ！）。

おしり洞窟は正確には褥瘡ではないが、皮下組織に広い穴がぽっかりと空いていることについては、共通点がある。もしかすると、この「シーティング」は、おしり洞窟と有袋類問題の役にも立つかもしれない。

明日の朝、インターネットで検索した業者さんに電話をかけてみよう。
ちょっとドキドキして、眠る前の薬を飲んで、ベッドに沈んだ。

第5章

# 腕、流れる

その人は、開口一番に言った。

「車いす、いいでっせ」

ハスキーな声、化粧っ気のない顔。ニヤッ、という笑顔は、女性らしいとかかわいらしいとか、なごむとか癒されるとかいう表現とは無縁の、ふてぶてしく生命力に満ちた表情だった。

これが、「シャバの筋」の人か……！


車いすのメーカーに電話をかけた三日後のことだ。

「代理店さんを紹介します」と言われ、三人で起業しているという小さな会社を紹介された。その会社の社長さんだという女性が、家に来てくれたのだった。

車いすの販売業者さんというのが一体どんな人なのか、想像もつかなかった。

このときのわたしは、今ふり返れば相当程度社会性を失っていた。家と病院の往復以外に、ほとんど外に出ることができなかった。医療関係者や区の関係者、家に出入りするヘルパーさん以外の人とは、接触がない。

たまに一生懸命身体をひきずって、電気代とガス代、水道代を払いに行ったコンビニで、店員さんに「ありがとうございました」と言われると、おおいに感動するくらい、人との関係性がなかった。

この日、訪ねてきてくれたのは、体育会系の女性。白いトレーナーを着て、ポニーテールにきゅっと髪をまとめた、Mさんという若い女の人だった。

## 「判定」は予約待ち

Mさんに、自分の難病のことや、これまでの経緯、今の状況などをしばらく説明した。病院との行き来で精いっぱいなので、電動車いすでコンビニに行きキシリトールガムを買ったり、ATMに行ってお金をおろしたいと思っていることを伝えてみた。

Mさんは、わたしの家の玄関をパッと見て、ポケットからメジャーをさっと出すと、ドアの幅を測った。

「これは普通の『電動』は入らないな……。『簡易型』でいきましょう」

簡易型とは、一体何なのか。

「大野さん。とにかく、まずは高田馬場に行かないといけません」

「はあ。高田馬場ですか……」

高田馬場といえば、在日ミャンマー人のあいだでは「リトル・ヤンゴン」と呼ばれ、難民の人がたくさん住んでいる場所だ。

高田馬場のシャン料理屋さんで、ミャンマー難民の人たちと語り合ったことを思い出したが、「車いす」というイメージは皆無である。なぜ、高田馬場なのだろうか。

「東京都の、心身障害者福祉センターというところで『判定』を受けないといけないんです。区の担当ワーカーさんが予約を入れられる仕組みだから、問い合わせてみてください」

「はあ……わかりました。担当のワーカーさんに聞いてみます」

わかりました、とは言ったものの、実際はわからないことだらけだ。

翌日、区のワーカーさんに電話をかけて、とりあえず「電動車いすの『判定』を受けたい」と言ってみた。

「『判定』ね、すごく混んでるんですよ。予約は一か月待ち以上になりますよ」

「一か月ですか……。とりあえず、今すぐ予約をお願いします！」

八月頭の暑い日に予約したら、九月二日に「判定日」が決まった。

ところで、そもそも「判定」って何なのだろうか。区からもらった「障害者のためのサービス一覧」を見たり、インターネットで検索したりして、調べ始めた。

電動車いすが必要と判断されたのちに、その人にかかる車いす代のうち、いくら補助金を出すかを決める、なんとも世知辛い手続きらしい。

これまでにもこういう「手続き」はいろいろしてきたものの、具合が悪いときにたくさんの書類をそろえたり、たくさんの関係機関にグルグルと申請してまわることは本当に大変だなと、なんだか他人事のように考えた。

必要なときにパッと申請して、パッと手に入るようなものでは、ないんだなあ……。

## おしりの悪夢、右腕に出現

そんなこんなで、身体も心も、ちょっと疲れていた。

夜眠る前、最後の薬を飲んだ後、唯一の命綱「身体障害者手帳二級」をぎゅっと握りしめた。

「身体障害者手帳二級」の人が使える、かつ、わたしがシャバ暮らしに使えそうな制度を探して、一つ一つ申請をし、クリアしていかないといけない。

お風呂に一人で安全に入るための補助チェア購入への補助、都営交通の割引券、ヘルパーさんが来てくれる時間数、それぞれ別々に申請し、手続きをしていく。

すごいお金持ちだったらこんな面倒な申請なんかしないで、闘病生活にかかるものは全部自費で買えばすむのかもしれないが、わたしは難病庶民なのでそうはいかない。「財産」といえば、学部生時代にアルバイトでためた定期預金がひとつあるくらいで、これを取り崩したら何もなくなってしまう。

家賃は今のところ親が工面してくれているが、これだっていつまで続くかわからない。生活費も必要だし、とにかくお金の心配は尽きなくて、考えると眠れなくなって胃に穴が空きそうだった。

ただでさえ低くなっている免疫力が、疲れでさらに下がっていたのかもしれない。何か、軽い感染がきっかけだったのかもしれない。

今となっては確かめるすべはない。

普段の痛みとは違う、「違和感」。

右腕の、皮膚の下が、なんだかモヤモヤするのだ。

まるで右腕に何か異物が埋め込まれているような感覚。

嫌な予感がしたが、すでに遅かった。

朝起きてふと腕を見たら、三つ、赤いピンポン玉くらいの「こぶ」があった。


たまたま、この日は外来通院日だった。

おしりの皮下組織にぽっかり空いた広い「ポケット」からは、相変わらず「元おしり液体」の流出が続いている。週に一、二度は処置のために病院に行かねばならない。

なんとか診察室の前まで辿り着くと、患部が圧迫されないように、半ケツ状態でソファに座りこむ。

そして、主治医のクマ先生の外来に呼ばれた。

先生は右腕を見て、神妙な顔つきになった。

「これは……おしりと同じものかもしれないな」

## またもや、麻酔なし切開

クマ先生の外来の翌日。

今度は外科の診察室に呼ばれて、ドクターKの前に、腫れた右腕を差し出していた。

ドクターKは、入院中から担当チームの一員として関わってくれている、なかなか珍しい先生だった。外科の先生というのは総じてドライで、長期的に患者さんに関わる人は少ない。それこそ、手術を執刀した後で病室に様子を見に来たりすることは、あまりない。

ドクターKは、世に言う「おしり大逆事件」の後、処置を担当してくれたことを契機に、「よっ、おしり、どう？」

と、わざわざ病室に定期的に顔を出してくれた。

ドクターKが、クマ先生の書いたカルテの申し送りを、じっと見る。

「うーん、こんなに早い速度で皮下組織が石灰化して膿瘍《のうよう》化《か》するっていうのは、ちょっと見たことがないなあ」

腕のＭＲＩを撮影すると、おしりと同じように、真っ白い不気味な影が映っていた。

しばらく様子を見ることになり、一週間ほどたったころ、右腕の「こぶ」の中身がとろけてきた。見た目は大きなヒドイ内出血のようだが、触ると皮膚の下が液状化して、フヨフヨしている。

ドクターKはフヨフヨしている患部を見て、さわやかに言った。

「これは、切り時だな！」

炎天下、朦朧としながら病院まで通い、「プチ切開」する日々が始まった。

小さいメスで、サクッと、炎症を起こしている患部を切る。

そのあと、モスキート止血鉗子《しけつかんし》（ハサミみたいなもの）でわざと傷口を広げる。とにかく膿瘍を体外に出すために、つくった傷口がふさがらないようにしないといけないのだ。

炎症部位を切られる痛みに備えて、深呼吸しながら、唸る。

「ぐぅうううううう」

診察室のベッドの上で、麻酔なしで腕を切られながら、歯ぎしりした。

最初の処置のときはさすがに「麻酔、してみる?」と言われた。しかし、局所麻酔というのは炎症部位に注射すると、それ自体激痛がはしる。ためしに注射してみたものの、脳天を刺すような痛みに襲われ、液が皮下に入らなかった。しかも、ぜんぜん効かない。

「じゃあ、麻酔かけるのはやめよう」ということになったのだった。

フレッシュなお肉を切られているので、どんなに我慢しても、身体や脚が反応して動いてしまう。看護師さんがわたしの下半身に体重をかけて、押さえ込む。

ドクターKは、切った後で、

「ハイ、次は絞るよ〜！」

と掛け声をかける。ぎゅううううっと、皮下組織が溶け出した膿を、力の限り絞り出す。

「ぐう………っ」


この処置を、毎週続けた。

家でも、自分で日に何度も膿瘍を絞っては、水道水で洗った。

腕の切開＆絞り出しが始まって何週間かたった後、診察室を出るとき、ドクターKが独り言のようにつぶやいた。

「これは、大変な病気だな」

それがなんだか、印象に残った。わたしのことなのだけれども、まるで他人事のように聞こえた。

ドクターKは、世間では「神の手」と称賛されるような、難しいガンや手術を執刀するすばらしいドクターだ。なのに、こんな古典的な「麻酔しないで、切開して、膿を出す」という処置をしないといけないのだ。患者は痛みで、脂汗をかいてうめき声をあげる。看護師さんは、暴れだす身体を押さえ込む。

ドクターKも、つらいんじゃないかと思った。切られているのはわたし自身なのだけれど、切っているほうも相当つらいんじゃないかと。

あと何回この処置をしたら腕の膿瘍がおさまってくれるのか、誰にもわからない。先が見えない。

とにかく、今日を対処するしかない。腕も、シャバ生活も。

## 天下分け目の、九月二日

電動車いすの「判定」の日が、刻々と近づいていた。

「判定」が具体的にどんなものなのか調べようとするのだが、説明や解説はほとんど出てこない。区の担当ワーカーさんもよくわかっていない様子だ。

業者のMさんは、たまたま百戦錬磨のスーパーレディーだった。「簡易型」と呼ばれる車いすの見積もりを作るため、何度も家まで来てくれて、身体中の採寸をしたり、車いすの現物をいろいろ持ってきて見せてくれたりもした。普通の業者さんは、そこまでしないと思う。

マンションの玄関先にくたびれたワゴン車を停めて、女手一つで何台もササッと出し入れをする姿に感心した。

椅子に半ケツで座るわたしの四肢のサイズを、Mさんは仕立て屋さんのようにメジャーで測る。

「大野さん、身長が大きいなあ……」

たしかに、百六十センチは大きいと言えば大きいかもしれない。日本製の車いすだと、膝下の長さが足りなくて膝が浮いてしまうこともある。

Mさんは、アメリカの「クイッキー」という会社の車いす見本を持ってきてくれた。やっぱり、アメ車はすごい。「航空用アルミ製」というフレーズにもひかれたけれど、デザインがダサくない。なかなかステキ。カラーリングもバラエティがあって、選べる。

ダメ元で「ピ、ピンク色とかは、ありますか?」と聞いてみた。

「ふふ……ありまっせ」

Mさんは、カラーサンプルを持ってきて見せてくれた。

介護保険と違って、障害の分野では車いすを「借りる」という制度はない。自分で自分の病気や身体の特性にあったものを、購入する必要がある。六年ごとに更新できるのだが、つまり、最低六年の耐久性のある電動車いすを購入しないといけないということになる。

六年間って、結構長いよなあと思った。小学一年生が、小学校を卒業してしまう。この先、そこまで生きているのかどうか定かではないけれども、しかしともかく、しっかりしたものを買いたかった。

「判定」の日が近づくにつれて、わたしはものすごく不安になった。

「判定」で補助が出ないとみなされれば、お金はすべて自己負担になる。Mさんが丁寧に作ってくれた見積書を見て、簡易型電動車いすがそれなりの値段だということはよくわかった。収入がない今、何十万円ものお金をどうやって用意しようと考えると、夜眠れなくなった。やっぱり、定期預金を崩さないといけないかなあ……。

九月二日、当日。

高田馬場のセンターまでは、区から借りた車いすのまま乗車できる福祉タクシーを使った。往復にかかるタクシー代を考えるだけでも、なんだか胃がキュウッとしてくる。

そんな「車いす一年生」のわたしの心などお見通しという感じで、Mさんは飄々《ひょうひょう》とこんな約束をしてくれていた。

「当日、わたしも行きますから。都のセンターの規則で、業者の人間は同行できないんですけど。駐車場で終わるまでちゃんと待ってますよ」

センターに到着すると、いつものワゴン車がそこに停まっていて、すこしだけホッとした。

玄関に入る前に、Mさんは、同行している区のワーカーさんにも、

「基本的にはどんどん切ってきますから、彼女すごい不安でいっぱいですから、ちゃんと守ってやってください」

と念押しをしてくれた。

この人は、すごいなあと思った。

センターに入ってまず驚いたのは、身体障害者手帳の等級判定や支給などを行なう都の障害福祉の中心であるセンターが、「障害のある人のための施設」にはとても見えなかったことだ。

古い、せまい、どこの田舎の公民館かと目を疑った。これが、天下の東京都の障害福祉の心臓部……。段差がたくさんある。そこに鉄板をしいたり、無理やり継ぎはぎをしたりして、なんとかしのいでいる。

入り口でまず、用紙をたくさん渡された。自分の病名、病歴、入院歴などをいきなり書く。とても長い書類を何枚も書くのだが、事前に言われていないので暗記している範囲内で一生懸命に書いた。

わたしはまだ発症して日が浅いし、かかった&かかっている病院名も日付もほぼ完全に覚えているからいいけれど、病歴が長い人やコミュニケーションをうまくとれない人は、一体どうするのだろう？

「大野さん、どうぞ」

呼ばれて判定室のドアに向かう。

衝撃的だったのは、車いすの判定施設なのに、ドアの幅がせまくて車いすがスムーズに入らなかったことだ。

判定室に通され、センター職員の作業療法士さんからインタビューを受ける。鎮座していたのは、漫画の中に出てくる「ドライなおねえさん」が具現化したような、白衣姿の職員さんだった。

発病の時期、症状、投薬の状況、病態の現状、ライフスタイル、発熱や倦怠感、疲労感などについて、全身の痛みでヒイヒイしながら、必死に説明した。

すると、至極機械的な口調で、こう言われた。

「では、これから『走行確認』をしますので、センターの周囲を一周していただけますか」

腕とおしりから液体が流出し、ステロイド二十ミリグラムと免疫抑制剤を服薬している状態だと、今さっき伝えたばかりだ。なのに、炎天下、センターの周囲、「お外」をぐるっとまわって、信号を渡ってくるのだという。

ここは福祉センターだった気がする。福祉のイメージと、なんか違う。

第6章

# 「福祉」は引き算の美学！

「いや、ステロイドの副作用もありますし、この炎天下では……。彼女とても病状が大変なので、屋外の走行確認はちょっと難しいです」

同行してくれている区のワーカーのおばちゃんが、都のおねえさんに言ってくれた。

「はあ……。やむを得ないですね。では屋内、施設内のルートを走行することで代替案としましょう」

氷の美女は、物憂げに「判断」をしてくれた。

都の心身障害者センター内を誘導してもらいながら、簡易型電動車いすのデモ機（テスト用）を使って実際に走行する。

電動車いすをコントロールするレバーのようなものは「ジョイスティックレバー」と呼ばれ、これをてのひらで握りこむようにして操作するのだが、私は初心者なのでちっともうまくいかない。

けっこう繊細にできていて、ちょっと触れただけでそれなりに動いてくれるのだが、つい「一気に押す！」「力いっぱい動かす！」という感覚で運転してしまい、生きた心地がしなかった。

## 「判定」はベルトコンベア

何度も繰り返してなんだか申し訳ないが、ここは本当に、古びた田舎の公民館のようなところだ。大都市トーキョーの威光をまったく感じない。

建物と建物のあいだの渡り廊下にさしかかった。今どき、渡り廊下があるのもめずらしいが、スロープがあからさまな急ごしらえで、プラスチックの板で段差を覆って補強してある。自分自身の走行確認よりも、建物の不備に気をとられてしまう。

指定のコースを走行した後、職員のおねえさんの「質問タイム」に入った。

いよいよ、判定の最も重要な局面である。

業者さんと何度も相談して、身体に合わせて丁寧に作ってもらった見積もりを、おねえさんが冷ややかなまなざしで見る。

「座位保持は、あなたにはいらないんじゃないですか」

「こういう形状のクッションは、どうして必要なんですか」

つ、冷たい……!

「すみません、おしりに洞窟ができておりまして……申し訳ございません」

福祉は、「引き算」の美学なのか……？

工場のベルトコンベアにのっかって、かまぼこにされる前の魚みたいな気持ちになった。

必死に抵抗しないと、このベルトコンベアに巻きこまれてかまぼこにされてしまう。

くじけそうな心をなんとか持ちこたえ、病状や、疾患の特徴を一生懸命伝えた。


判定が終わって駐車場に出ると、業者のMさんが待っていてくれた。

「おつかれさま～。大野さん汗びっしょりですよ、顔も真っ赤。大丈夫？」

「……はいいい」

不安な気持ちのまま、家路についた。

結果は「後日」出るらしいが、どのくらいかかるのか聞いても「手続きが混んでいるんですよね、こちらもはっきりしたことは言えないので……」と曖昧な返事だった。

一体、いつになったら電動車いすに乗って移動できるようになるのだろうか。

## 難病の食卓

身動きがとれなくとも、どんなに疲れて具合が悪くとも、食べなくてはならない。しかも、薬を一日に五回服用するので、きわめて規則正しく三食を摂取しなくてはならない。

難病の人が自宅で何を食べているかなど、これまで考えたこともなかった。マニュアルがあるわけでも、テキストがあるわけでもない。

車いすの判定手続きや、外来通院に追われながら、シャバ暮らしの食事に関しても右往左往していた。

このころの三食の食事はというと、こんな感じである。

「ルクエ」(一時期流行った、スペイン製のシリコンスチーマー)にざく切りにしたキャベツを入れて、オリーブオイルをすこしだけ垂らす。塩こしょうをごくごく軽く、オレガノを少し振る。三分チンしたら、「電子レンジのキャベツ蒸し」が出来上がる。

ミルクは、生協が玄関先まで配達してくれる低脂肪乳。液体は重いから、配達はとても助かる。マグカップに百八十cc、こちらもレンジでチンしてあたためる。タンパク質とカルシウムを毎日必要量摂らなくては、ステロイドを多く投与している身体はあっという間に筋肉がやせ細り、骨はスカスカになる。カロリーメイトゼリーを置いて、「朝ごはん」。

そして、朝の薬を約十錠一気に飲みこむと、もうお腹がいっぱいになる。

身体を作っているタンパク質や必須栄養素、ミネラルやビタミンは摂取しなければならないが、薬の副作用を抑制するために、かなり厳格な食事管理をしないといけない。

脂質や糖質は、「ほんのちょっと」でいいのだ。朝、お米のごはんやパンなどの炭水化物を、わたしはとらない。

お昼は「一人暮らしの障害者」の人が使える、区の配食サービスを利用する。栄養管理されたお弁当（『腎臓病用』とか『糖尿病用』とか書いてある。病気はちょっと違うけれども、栄養素としてはよい）が一日一食ぶん届く。

昼も、七錠くらい薬を飲む。これでけっこう、満足感がある。

夜は、なんとか「自分で作ろう」と思った。

一日一食くらいは自分で料理したものを食べないと、「食べ物」に対する意欲そのものが減退するような感覚があった。

皮膚が薄弱化していたり、筋力の低下、感染症にかかりやすいなど、料理という行為に難病はつくづく向かない。医療用のラテックス手袋をはめて、レッツ、難病調理にとりかかる。

玄関にある段ボールを、カッターで開封する。

真っ赤に熟れたトマト、ピーマン、へんな形のキュウリ、名前がよくわからない新種っぽいカボチャ、オクラ、ナス、ホウレンソウ、小松菜、パプリカ、ネギなど、十五種類くらいが隙間なくぎゅうぎゅうに入っている。

野菜の水分でちょっと湿った白い紙が一枚、のっかっている。

〈さらささん　からだには　きをつけてね！〉

ていねいな字。おかあさんの手書きのお手紙だ。

野菜は、重い。ヘルパーさんが来てくれる時間は一日一〜二時間ととても短いし、買い物に行ってもらったらそれだけで終わってしまう。しかも、食べ物は高い。都心部のスーパーの物価はとくに高いので、野菜を買っていると瞬く間に生活が圧迫される。

ラッキーなことだが、福島の実家ムーミン谷のそばでは、おじいさんおばあさんたちが野菜を自家用に作っていたり、とても安い値段で直売所で売っている（値段のつけ方がダイナミックで、だいたい一袋百円くらい）ので、野菜はムーミンパパ・ママに頼んで定期的に送ってもらっていた。

バリバリのミャンマー女子時代は、一か月や二か月日本を離れることはよくあったので、実家からこうして野菜を送ってもらうのは、実ははじめての経験だ。

親ってすごいというか、真似できないなと、また思った。

わたしがおかあさんだったら、自分の仕事に忙殺されながら、こんなにたくさんの種類の野菜を、一つ一つ新聞紙（福島民報）に包み、段ボールに詰めて送ったりできるだろうか。

トマトを一個、中からつかみ出す。

調理済みのお弁当や、介護用のレトルト、病院のトレイにはない、畑から穫ってきたばかりのトマトと土のにおいがする。

力が入らない状態でお野菜を切るには、一体どうしたらいいか？

アマゾンでワンクリックして買ったインターナショナルなキッチン用品を活用する。

医療用のメスと同じ材質でできていると話題の「GLOBAL」の包丁を、ご家庭用の包丁研ぎ機でシュッシュッと研ぐ。

ずれない、軽い、アルコールでいつでも消毒できる「Joseph Joseph」のまな板にトマトを置く。けっこう、切れる。

トマトの水煮缶を、開ける！

最初、缶やペットボトルを開けられなくなったことにはかなり参った。開けてくれる人をそのたびに探すわけにもいかないし。介護用品のホームページで専用のオープナーを探して、購入した。「らくらく実感オープナー」、百五円！

世の中には、「缶やペットボトルのふたを開けられない」人がけっこうたくさんいるのではないか。飲み物の会社は「ペットボトル・バリアフリー」を進めたほうがいいかもしれない。

「ティファール」のお鍋に水を入れて、パスタをゆでる。ガスコンロを使うときは緊張する。病院内では火気厳禁なので、ガスコンロを使うのも一年以上ぶりのことだ。

火傷をしたら、オオゴトだ。免疫抑制剤の副作用で治りがわるいうえに、感染症の感染源となってしまう。

発病前は、上野のアメ横地下で何種類も買いそろえたスパイスで作るビルマカレーから、忙しいときのサッポロ塩ラーメン、ふるさと福島で隣組のお葬式でお出しする大なべのけんちん汁まで、大抵のものは作っていたし、料理はただ単純にたのしかった。

ところが今は、いかにして労力とリスクを減らすかに頭を悩ませる。

おいしいに越したことはないが、安全かつ効率的に作業を進めることが最優先だ。

入院中は、管理栄養士さんが三食、何もかも考えて準備してくれた。食欲がないときは「大野さん、お皿に残っている量がちょっと多いですが、どうやったら食べられるか相談しましょう」と気にかけてくれた。今は、自分で自分のことを気にしないといけない。

しみじみ考えていると、あっという間に五分くらい経過する。パスタがゆで上がる。

あわてて金ざるをシンクに置いて、注意深く、ゆっくりとパスタをざるにあける。

別のティファールのフライパンをセットして、オリーブオイルをすこしだけ。そこにさっき切ったトマト、封を開けたトマト缶と、生協のジェノベーゼソースを足す。

無理をしすぎるのはよくない。何もかも完璧にやろうとすると、途中でバテて倒れ込んでしまう。味付けの仕上げは、生協のできあいのソースで十分。パスタを入れて、トマトのパスタ、難病風の出来上がり。

ああ、疲れた、と体力の消耗を感じつつ、喉につまらせないように食べる。

夕食後の薬、七錠。

## ツイッターのご近所さん

iPhoneに入れたお薬アプリが、「お薬の時間ですよ～」と服薬時間を告げてくれる。さきほど夕食後の薬を飲んだが、その四時間後には次の服薬タイムがやってくる。眠前薬を飲んで、バターリとベッドに倒れ込む。iPhoneで、ツイッターをちょっとだけチェックする。ツイッターのアプリはたくさんあるが、わたしはシンプルな「Echofon for Twitter」というものを気に入って、使っていた。

自宅から半径五百メートルしか外出できないわたしにとって、SNS（ソーシャルネットワーキングサービス）は、「外」にいる人たちのささやきや様子をうかがい知る、とても大事なツールだ。

このころ、わたしは、難病の人や目に見えにくい障害をもつ人の社会制度があまりに未整備なことを世の中に伝えられるような、ホームページか何かを作りたいなあ、と考えるようになっていた。

なんのあてもなく、脈絡もなく、「ホームページ、作りたい……」とつぶやいてみた。するど、「作れるよ」とすぐ返答をくれたフォロワーさんがいた。ダイレクトメッセージという、お互いにフォローし合っている人にだけプライベートメッセージを送信できる機能があるのだが、それでメールアドレスを聞いて、直接やりとりをした。なんと、せちろうくんに続き、このかたもわりと都内の「ご近所さん」であることがわかった。

おまけに、紛争地域、辺境地域、アジアのたいへんな場所について興味を持っていて、東京外国語大学の伊勢崎賢治先生のファンらしい。わたしが元ミャンマー地域研究をしていたことをツイッター上で知って、関心をもってくれたようだ。

「難病のこととか、社会保障制度のこととかはぜんぜんわかんないけど、とりあえずまあ、役に立てるかどうか話をしてみましょう」と言ってくれた。

わたしの家のいちばん近く、徒歩三十秒の喫茶店に、小玉さんは自転車でさーっと現れた。

ちょっとかっこいい自転車、ハンドルはトンボ型。四十歳前後に見える。そしてカジュアルなリュックに雑誌「ビッグイシュー」を差し込んでいる。いかにも、現代的!

「サラリーマンの人だ‼」

わたしは感激した。

もうこの先二度と、サラリーマンのかたと遭遇することなど、ないのではないかと思っていた。

奇妙だと思われるかもしれないが、病院に一定期間以上長期入院すると、そんなふうに思うようになる。自分は完全に社会から断絶し、孤立し、つながりを失っていると感じる。

通常、わたしのことを「希少難治性疾患の患者さん」と知っている場合、病院の職員さんも区の職員さんも、「患者さん」であるわたしに語りかけてくるし、お互い「役割」の中でしか話をしない。ところが、小玉さんの第一声は、至極「ご近所さん」の語感であった。

「大野さん、ここ、飲み物何がおいしいの？」

「ソイラテ（豆乳のカフェラテ）が、おすすめです！」

わたしはさらに感激しながら応えた。

「わたし、メーカーでモノ作りとかしてるんだ。福祉とか障害とか、医療とかはぜんぜん知らないんだけどさー」

「はあ、どういうお仕事なんですか」

「うーんとね、説明するのが難しいんだけど、なんかこう、ひとつの工業製品を作るためにいろんな人とか部署とかがそれぞれバラバラに関わるわけじゃない？　そういうのをさ、こう、まとめるような仕事」

「はあー、そんな仕事があるんですねえ」

「で、ホームページ作りたいってつぶやいてたけど、どういうの？」

わたしは小玉さんに、自分の状況や、日本の障害や難病の制度が当事者からするととても不備が多いことを、ざっくばらんに話してみた。

「はあ……なるほど。『ユーザー目線』になってないってことか」

「そうです、そうです！」

さすが、サラリーマン。問題の本質についての理解がとても速い。それを、当事者目線で社会に発信する場がないということも話した。

「ああ、だからホームページ作りたいってことかあ」

「そうです！　そうなんです！」

小玉さんと、これからも「作戦会議」を定期的に開いていこうということになった。

## すれちがい

杖でトボトボと家に戻り、遠くにいる「彼」にまたメールを送った。

『ツイッターで知り合った人が、ホームページ作りを手伝ってくれるかもしれない』

『はあ？　ツイッターで知り合った人って何？　会ったの？』

『うん、会ったよ』

『どこで、なんで、どうして俺に言わないの』

『え』

『危ない人だったらどうするわけ、そもそも事前に俺に何も言わないで男と二人で会うとかありえないよ』

『え』

え。

iPhone の画面上の文字を見ながら、思考停止してしまった。

わたしはミャンマー難民研究時代、タイ―ミャンマー国境のジャングルで現地の少数民族の男性スタッフとフィールド調査のために夜明かししたこともある。仕事の打ち合わせで男の人と二人だけで会うことは、空気を吸うように自然なことだと思っていた。

まさか、「彼」を怒らせてしまうなんて、思ってもみなかった。喜んでくれるかと思って、メールをした。

もしかしたら、わたしはすごく鈍感なんだろうかと、このころから思いはじめた。

第7章

# つぶやけば、人にあたる?

わたしは、テレビを観ない。観る習慣がない。

いろいろ理由はあるのだが、ミャンマー研究をしていると、日本を一〜二か月離れることはままあるので、そもそも「テレビの話題」についていけない。今流行っているアイドルとか、ケーキ屋さんのことにとても疎くなる。

タイのゲストハウスやアパートメントで、たまにＢＢＣやアルジャジーラをつけている程度で、とにかく日本のテレビのことがわからない。ただ、ＤＶＤは持ち運べるので、映画やドキュメンタリーはよくパソコンで観ていた。

大学の友達の会話についていけないのがちょっと寂しかったけれど、途中から周囲の話題に合わせるのはあきらめて、口を開けばミャンマーとタイの話しかしない「やや独自路線をゆく女子」となってしまった。

わたしが大学に入ったころ、ちょうどラジオのPodcastやストリーミング配信のサービスがはじまって、インターネットがつながれば地球のどこにいても日本のラジオを聴くことができるようになった。

ラジオはわたしにとって、貴重な情報源となっていった。

## ラジオの時間

二〇一〇年九月三十日。

おしりや腕の処置、在宅ライフの先の見えなさに溺れつつ、なんとか泳ごうとしていたころのことだ。


今夜のTBSラジオ「Dig」のテーマは、『ビルマ（ミャンマー）難民』！


……という文字が、ツイッターの画面に現れた。

病院ライフが身体に染みついていて、消灯時間の二十一時になると眠くなる。あまり夜遅くまで起きていると、翌朝とても具合が悪くなる。

「Dig」は深夜の番組なので、聴くか聴かないかとっても迷ったのだが、結局聴くことにした。だって、『ビルマ（ミャンマー）難民』などという超マイナーなテーマがメディアで扱われることなど、めったにない。

この夜のパーソナリティーは、評論家の荻上チキさんだった。

番組はツイッターと連動していて、つぶやくとスタッフやパーソナリティーの人がそれを見て反応を返してくれる。まあ、インターネットを使った「番組へのお便り」のようなものだ。

わたしはつい、番組を聴きながら、発病前にとった杵柄を出して、マニアックなミャンマー難民のことを、いっぱいつぶやいた。

「入管の在留特別許可は……」

「少数民族の状況は、多数派のビルマ族とは違っていて……」云々。

放送中、「ツイッター上からは、こんな声が届いています」と紹介された。

荻上さんは、生放送中にスタジオでそのつぶやきを読みながら、「こんなマニアックなつぶやきをしてくるこの子は、何者なんだろうか」と思ったらしい。突如、ツイッターで以下のようなメッセージをもらった。

「取材させてください。都内ならどこへでも行きます。荻上チキ」

## 二人の世界は「ずれていく」

わたしは、荻上さんからメッセージをもらって、まっさきに「彼」のことを考え込んでしまった。

小玉さんと会ったとき、「彼」はものすごく不機嫌で、というか、怒っていた。

そしてわたしは、正直、なぜ怒られるのか理解ができなかった。

とにかく、今度は、事前に相談してみることにした。

『取材を受けようと思ってるんだ』

『俺もその場に同席するなら、いいよ』

そのメールを見た瞬間、心の中で、何かがパリンと割れた。病院から出るきっかけをくれた人で、本当にありがたいと思うことばかりだったのだけれど。

『でも、これは〝仕事〟だし、一人で大丈夫だよ』

『俺の知らないところで男と会うなんてありえないって、この前言ったよね』

一回手にした人形を、絶対に手から放そうとしない子どものようだと感じた。わたしは、自分が「彼のことを、もしかしたら何一つわかっていないんじゃないか」と考えはじめた。ひとまわりも年上で、「正論は通じる」と当たり前に思っていた。わたしが病院の外に出て、病院とは関係のない人たちと会ったり、社会性を取り戻していくことを、喜んでくれるとばかり思っていた。

この人は先天性の苛烈な病を抱え、それを周囲に言うこともなく、孤独に生きてきた。どれだけ悔しい思いや、あきらめがあったのだろう。数十年間、行き場のない理不尽さを味わい続けてきたのだ。わたしが病院の中にいるころ、「この世界に、たった一人になったような気持ち」をわかってくれたのは、きっとそんな経験が積み重なってのことなのだろう。

わたしが、変わった。

病院の外に、シャバに出て、わたしは変わったと思った。

伝えなくちゃと、いったん机に置いたiPhoneを持ち直した。

一方的に、一気にメールを送った。

『仕事はしなくちゃいけないし、これから、もっとたくさんの人に会うよ』

『あなたが言うようにこのまま〝一緒〟にいたら、二人とも、死んじゃうと思う』

『わたしは、生きていきたい』

その後、着信が何十回もあった。

とらずに、iPhoneを机の上に、また置いた。

## 電動車いすは、こないけど

おしりの処置、腕の切開は続き、気がつくと病院の敷地内の銀杏の木は、イエローになっている。

夏の紫外線から目を保護するためにかけていたUVカット機能付きで色付きのメガネを、普通の透明レンズのメガネに変えてみた。

病院の玄関前で、肌寒い風がヒュウと吹きこんで、背筋がゾーッとする。ふと、気がついた。

「わたし、秋・冬の服、持ってない……」

雪深いムーミン谷で十八歳までスクスクと育ったわたしは、寒さにも暑さにも、比較的無頓着だった。上智大学外国語学部フランス語学科に通っていた四年間は、服装は年間を通じて「キャミソールとカーディガン」で、セーターすら持っていなかった。コートは、ちょっとフランス風のトレンチコート一枚のみ。よく大学の先生や同級生に、

「更紗ちゃんは、一年中同じ格好をしている」

「あなたは、衣替えとかはしないのか」

となかば呆れたように訊かれた。

ビルマ族の女性の正装を現地でオーダーメイドして、それを着て登校していたこともある。ミャンマーの民主化運動の指導者、アウンサンスーチーさんが着ているようなシルク製のシャツと、足首まで隠れる長い巻きスカートのセットだ。

「民族衣装」は大学の構内で思いっきり浮いていたが、真冬でもそれにトレンチコートを重ね着していた。当時は、まあ、寒いことは寒かったが、とにかく平気だった。

ところが。

今は勝手がまったく違う。まだ秋口だが、カーディガンで外に出ると寒くて身体がブルブル震える。症状の一つなのだが、身体の末端からものすごい勢いで冷たくなる。手先が冷えて、真っ白になり、その後で赤っぽい紫色になる。これが悪化すると血栓ができてし

まったり、最悪の場合は指が欠損することもあるらしい。

病院の玄関で、「防寒着を、買いに行かなければならないのではないか」と考えた。

「でも、どうする？」

楽天やアマゾンなどの通販サイトで買えないことはないのだが、本当にあたたかいのかとか、サイズは合っているのかとか、実際に見て、触って、確かめたい。

「冬服がない、買いに行けない、どうしよう……」

ツイッターで悶々とつぶやいていると、ある女性らしき人が、メッセージをくれた。

「キクラゲラーメン、食べに行かない？」

キクラゲラーメン。それは一体、なんだろう。

## キクラゲラーメンの誘惑

とくにラーメンが好きというわけではないが、「キクラゲラーメン」という聞いたことのない語感に魅かれた。この女性は田部さんという人で、先日、悪性リウマチのおかあさんを自宅で看取ったばかりなのだという。

メールですこしやりとりをして、すぐに会うことにした。家の前まで車で迎えに来てくれた田部さんは、五十代で、細身の、ごくふつうの女性に見えた。

「更紗ちゃん、あたしのこと、ナミちゃんって呼んでねっ！」

超フレンドリー。

「ステロイド、まだ結構いっぱい飲んでるんだよね？」

「二十ミリグラムです」

「じゃあ、人ごみは心配だなっ！　人が少ないとこ行こっ。疲れるでしょ、座席のリクライニング倒して寝てていいから。あ、これ毛布ね、これがクッション、おしりに敷きなさい。寒かったり暑かったり喉渇いたりしたらすぐに言うのよ～」

「……はい」

とにかく、わたしが何か言う前に、ほとんどのことを察して事前に動いてくれるので、何も言うことがない。

あたたかい車内でうとうとして、目を覚ました。カーナビに「世田谷区」と表示が出ている。世田谷区はあまり詳しくない。ここがどこなのかもよくわからなかったが、小さな商店街のようだ。

車を駐車場に停めて、ナミちゃんが車からわたしを降ろしてくれる。

「わたしの腕につかまってっ、すぐそこだから」

女性用の下着や洋服を売っている、ブティックでもないしセレクトショップでもないし、「洋服屋さん」と表現するほかない、小さな庶民的なお店だった。

セーターとハラマキ、冬用のトレンカやレギンス、手袋など、ちまちましたものを買った。お会計は、一万円ちょっと。

レジでお金を払いながら、ナミちゃんはきっと、わたしの今の懐事情とか、買えそうなものとか、いろんなことを気遣ってここに連れてきてくれたのかなと、ふと思った。

「すごく疲れたでしょ。キクラゲラーメン食べたら帰れるからね、もうすこし」

「はい」

車で、今度はまた別のところへ移動する。夜の都内を車で走るというのは、不思議な気分だった。大学院生だったころは、電車や地下鉄か、歩きでしか移動したことがないので、東京ってこんな道もあるんだなあと探検しているような気分になる。

「キクラゲラーメン」のお店は、これまた、小さな商店街の一角にあった。

キクラゲがたくさんのっている、薄味の透明な醬油スープの中華麵だった。

こういった食べ物を最近食べていなくて、というか、外食すること自体ほとんどなかったから、どこから食べていいのかよくわからない。

とりあえず、キクラゲがいっぱいのあんかけ部分をフウフウ冷ましながら、箸でつっついて口に入れてみた。キクラゲから、じゅわーっと、スープがしみだした。

「うわあ、おいしい……」

病院食や、栄養調整された配達食にはない、シャバの味。

Q区に戻り、家の前までまた送り届けてくれたナミちゃんは、本当にあっさりとグッバイを告げて、軽やかに去って行った。

「更紗ちゃん、また行こうねっ！　あったかくして寝るのよっ」

「はい、ありがとうございました……」

ナミちゃんは、なぜ今日、赤の他人のわたしを洋服屋さんに連れていってくれたのだろう。

おかあさんのことが、あったからなのかなあ。

疲れきって、天井を眺めながらぐるぐると考えたが、サッパリわからなかった。

眠気が襲ってきて、薬を飲むと、グッタリと、この夜は眠りについた。

サッパリよくわからない「赤の他人」との謎の出会いは、どんどん増えてゆくのだった。

第8章

# 先生には、ヒ・ミ・ツ

「粗茶ですが……」

ヘルパーさんにお茶を出すことはないので、人間相手に自力でお茶を淹れたのは、久しぶりだ。

「はあ、どうも。お気遣いなく」

お茶を淹れた相手は、職業は「評論家」という、浮世離れした肩書である。肩書に反して、見た目は「吉祥寺あたりを歩いていそうなあんちゃん」だ。

荻上チキさんがインタビュー取材をしに、家に来てくれていた。

わたしは訊かれるままに、ミャンマー女子時代のことから、今の難病ライフのことまで、いろいろお話をした。「評論家」って、意外にえらい……と思った。いまどき、「とにかくなんだか大変そうな難病の小娘」の話を、足を使って自分で聞きにくるなんて、単純に「えらいな」と思ったのだ。

## 白い巨塔で記念撮影

荻上さんの口からは、まるでコンピューターのように、スラスラととめどなく言葉が出続ける。

「難病の方々の置かれている状況としては……日本の障害学とアメリカの障害学は……小山エミさんという……フェミニズムと障害………」

その後、写真撮影が必要だということで、病院の敷地内へ編集者とカメラマンさんと一緒に移動した。

さっきまでしゃべり続けていたのに、移動中はぱったり無口になった。細身で、小ぎれいな恰好。ディーゼルのジャケットをさらっと羽織っていた。

「荻上さんって、若く見えますね。大学生みたい」

「そう？　これでも、子ども二人いるんすけどね」

人文科学系の大学院生に、こんな雰囲気の人いるなあ、と思った。ちょっとだけ、自分と「同類」のにおいがした。

荻上さんは、その後まるで「お兄さん」のように折々にアドバイスをくれたり、わたしを気にかけてくれる存在となるのだが、このときはそんなことは知る由もない。

「もうちょっと寄ってください、もうちょっと！　寄りすぎかなというくらい！」

病院の庭の一角で、カメラマンさんから指示を出される。

写真は、プリントすると実際よりも離れて見えるものらしい。

「大野さん、笑って！　マスクしててよくわからないから、目で笑って！」

め、目で笑う……？　杖を片手に、ぎこちなく苦笑いをする。

雑誌の記事に「笑顔」で載るなんて、そういうことは、手足の長いモデルさんや、見目麗しいやんごとなき方々のすることなのではないだろうか。なぜ、杖をついて、マスクをつけて、日傘をさしている、手足はごく標準サイズ（「ややファットが厚い」＊ドクター談）の自分が……。生きていると、予想だにしないことが起こる。

いつも切開されたり、診察を受けるのみの「病院」という場所で、何か「違うこと」をするというのは、すさまじい違和感があった。ここはお医者さんの管理する白い巨塔。そんな領域に、俗世間の「普通の人」を連れてきてよかったのだろうか。

撮影場所に選ばれたレンガ造りの古い建物の前には、敷地内にひとつしかない赤い郵便ポストがある。そこへ、白衣をヒラヒラさせたドクターが書類を片手にやってきた。

「あっ」と思った。

心拍数が上がって、緊張で全身が硬直した。腕のプチ切開をしてくれている、ドクター

Kではないか。

「ちらっ」とこちらを見て、ドクターKは何事もなかったかのように書類を投函すると、白衣をたなびかせて病棟へと戻っていった。すごく不安になった。怒っているかもしれない。もう処置をしてくれないかもしれない。

「どうしよう……どうしよう……」

撮影は上の空で、頭はドクターKの気分を損ねたのではないかということでいっぱい。

数日後、プチ切開のために診察室で会ったら、何も言われず、淡々といつもの処置をしてくれた。入院中は、主治医の上司であるパパ先生に、食べても飲んでも寝ても起きても何をしてもずっと怒られていたから、「注意される」とばかり思い込んでいた。

毎日、いろんな患者さんの手術に立ちあう外科のドクターは、目の前のことに忙しくて、一人ひとりの患者がどこで何をしているかなど、案外すぐに忘れてしまうのかもしれない。

「何もかも、逐一、お医者さんに言わなくてもいいのかも」

シャバで過ごすと、「秘密」が増える。

病院の中では「秘密」を持つ余裕なんかなかった。

## 気のよいおじさんたち

ミャンマー難民の研究をしていたころは、ジャーナリストや写真家の人たちと情報交換することが多かった。そのほとんどは圧倒的に「おじさん」で、泥臭い、典型的な古きよき左翼の名残りのある五十代、六十代の人々である。

「〝あの子〟が難病にかかった」と聞いて、「助けてやりたい」と思ってくれているらしいのだが、なにせおじさんたちは二十代女子のライフスタイルに介入することに慣れていないから「果たして、どうやって助けたらいいのか、さっぱりわからない」らしい。

当のわたしのほうも、書類申請や社会保障制度に苦しんでいたり、痛みに苦しんでいたりするのだが、それについて「どうやって助けてもらったらいいのか」は、さっぱりわからない。それに、

「なんでも言っていいからな」

「困ったことは、お互い様だからな」

やさしい人たちがかけてくれる言葉や、送ってくれるメールを見ると、反射的に身震い

がした。

〈もう、無理だと思う〉

入院していたころ、親友や大学の友人たちのやさしい言葉を真に受け続け、頼り続けて、相手を疲弊させてしまった記憶がよみがえった。こんなセリフをベッドの上の重病人に対して言わないといけないという、ギリギリのところまでみんなを追いつめてしまったのだ。他人に助けてもらっていたら、きっと、同じ失敗を繰り返すだろう。さすがに今度はもう、二度と立ち直れないだろう。


「何かあったら、いつでも言いなさい」

ある日、ある写真家のおじさんからまたメールをもらった。わたしが一向に返事をしないでいたら、数日後、「何かないのか！」とせっつかれた。メールには、

「大人として何もできないというのは沽券《こけん》に関わる」

とあった。そ、そこまで言われると……。

「じゃあ、ベルク、行きたい」

と返信してみた。

「ベルク行きたいか！　それなら、できるぞ！」

ちなみに、「ＢＥＲＧ（ベルク）」というのは新宿駅東口の片隅にある、喫茶店とアイリュシュパブが合体したような不可思議な店である。

学部生時代、新宿駅で時間がポンと空くとよく立ち寄った。一人で昼間からランチ代わりにギネスを飲んで、レバーパテを食べても、罪悪感がわいてこない。周囲の人たちも、この店の中では「自由」を謳歌している雰囲気があった。


おじさんたち一行（紛争地の写真家、ゼネコンの建築家、ラジオ局の編成）は、手押し車いすと、車いすが入るワゴンを調達して、仕事が終わった夜に、皆でマンションの入り口まで迎えに来てくれた。

なんか、マスコミの白いバンみたいな車だ。窓ガラスがグレーに曇っている。

「これ、会社の車？」

「おう、取材用だ」

写真家のおじさんが自信たっぷりに答える。

「あなたは、身体によくないからヨコになってなさい！」

別のおじさんが言った。

おじさんたち一行は、それぞれの職に就き、東京の荒波にもまれて日々を暮らしているわけだが、たまに一緒につるんで飲み歩く、悪友みたいな間柄らしい。車の中は漫才みたいな会話が飛び交う。わたしには今、こういう友達はいなくなってしまった。おじさんたち一行がちょっとだけうらやましく見えた。

靖国通りのネオンが、やかましいほどに煌《きら》めく。東口のロータリーが見えてきた。新宿駅、もう来ることなんてないと思っていた。

ベルクの店内は混んでいて、車いすを入れるのには難儀した。店長さんが厚意で席を空けてくれていた。レバーパテと、ギネスを一杯頼んだ。どちらも「摂取してはいけないもの」リストを作ったら、上位にあがってきそうな食べ物だ。

店内は、カウンターで注文するセルフサービス形式なのだが、来るお客さんはほぼ全員「ビール」を頼む。わたしにも、飲めるような気がした。

おそるおそる、フォークを持って、パテの欠片を口に運んだ。グラスを持って、中の液体を飲んだ。

「あ……。死なない」

パパ先生がこの場にいたら、「病院を五周してこい!」と怒鳴られることは確実であろう。主治医のクマ先生には「オレの努力をビールの泡にするつもりか!」と怒られるだろう。

でも、レバーパテとギネスを口にしても「死なない」ことがわかった。

「また、秘密が増えたなあ」

帰りの車に揺られながら、ぼーっと考えた。

シャバで生活するということは、先生とわたしとの間に、こうやって秘密がどんどん増えていくことなのかな、と考えた。

## 「ひとり」

マンションまで送ってくれたおじさんたちにお礼を言って、自分の部屋にヨロヨロと戻った。扉を開けると、真っ暗な空間は冷え切っている。

やっぱり「ひとり」だと、痛烈に感じる。楽しいことがあった後のほうが「ああ、わたし、ひとりきりだな」と実感する。

おじさんたちには、帰る場所がある。「会社」とか「仕事」とか「家庭」とか、強制的にでも行かなければならない場所があって、そこには必ず誰かがいて、「ひとり」ではない。でも、わたしにはそういう場所はない。この部屋しかない。

清く正しい、自己管理のできている患者に戻る。

歯を丹念に磨いて、消毒液でうがいして口腔内を清潔にし、眠前薬を飲んで、鎮痛剤を貼る。ぱたり、とベッドに入る。

さっきまで、新宿でおじさんたちとワイワイおしゃべりして、良い一日だったはずなのに。どうしたんだろう、急激に、ひどい気分が胸の奥からせりあがってきた。

どうして、先の見えない苦痛に耐え続けなければならないんだろう、どうして、こんなに疲れて痛くて苦しいんだろう、どうして、わたしだけがこんな思いをしなければならないんだろう、どうして、どうして。誰にも、わかってもらえない。わかってもらえるはずがない。

この地上で、自分だけがつらくて、自分だけが「ひとり」で、自分だけがかわいそうな気がする。普段、抑え込んでいる感情が、一気に暴走してほとばしる。

こんな気分を、あと何度やり過ごせるだろうか。

「心が折れる」とか「正気を失う」というのは、薄氷一枚隔ててすぐそこにある。そのことはよくわかっている。わかっているから、「もう一日くらい、〝正気側〟にいてみるか」と踏みとどまる。

## 心も財布も、サムーイ

センチメンタルな気分に浸ってみても、おかまいなしに物理的な「問題」はどんどん襲ってくる。

お家が、寒い。

カレンダーはもう十一月。

部屋に備え付けのエアコンはちょっと古くて、暖房を入れても乾燥はするが、ちっともあたたまらない。

東北の里山生まれ、東京では真冬も「キャミソールとカーディガン」で通していたはずが、発病してとにかく暑さや寒さに弱くなった。身体の体温調節をする機能もめちゃくちゃになっている。それに、乾燥している部屋ではウイルスや細菌が増えやすい。ある程度の湿度は難病人にとってはとても大事なのだ。

加湿と暖房を兼ね備えたマシンが必要だ。そんな繊細なシロモノは、プチブルの都会のお嬢様が使うものだと蔑視してきたのに……。

ここはせまいマンションの一室、実家のムーミン谷のように灯油のファンヒーターをガンガン焚くわけにはいかないだろう。それに、東京都内は管理組合の規約で、石油ストーブ類は使えないことになっていたはずだ。

以前、パネルヒーターやオイルヒーターを使っていたことはあるが、正直、あまり部屋はあたたまらない。

ビックカメラのホームページを検索していたら、「電気ファンヒーター」というものがあることを、はじめて知った(今まで、いかに無頓着であったか……)。

加湿機能付きで一台、一万八〇〇〇円する。

毎日の生活を維持できるかどうかギリギリの世知辛いライフを送るわたしにとって、パッと気楽に買える値段ではない。この前、世田谷でハラマキも買ってしまったし……。

健康な大学院生だったときは、一時的な出費や、衝動買いをしても「取り戻せる感」があった。家庭教師のアルバイトを探せば、都内では小学生から高校生までいつでも見つけることができた。英語や現代文、社会科や歴史を教えるのは比較的得意だったから、「なんとかなるさ」と、いつも思っていた。

ところが、今は違う。「減っていく一方」なのだ。今の状態で働ける場所なんて、地球上には存在しない。「経済的に困る」というのは、理屈じゃなくて「経験」なんだと思った。

難病と診断されて、特定疾患の医療費助成制度の対象になり、月々の自己負担額は一定額に留まっているものの、現金の補助が手厚くあるわけではない。

わたしの住むQ区は超都会で、日本ではトップレベルの独自の福祉制度をもっているが、難病人に対する現金の補助は「心身障害者福祉手当」というものがあるくらいだ。特定疾患医療費助成制度の指定難病の人は「月に一万五五〇〇円」。もちろん、いただけるだけとてもありがたい。助かる補助なのだが、これだけで生活していくことはできない。

世の難病の人々は、一体、どうやって暮らしているのだろうか。

三日間くらい「うーん、うーん」と悩んだ末、なけなしのお金を、生命維持のために電気ファンヒーターに充てることにした。ビックカメラのホームページで、購入ボタンをポチッとクリックしたのだった。

後日、電気ファンヒーターはとても電気代がかかることがわかって、その請求書も頭痛の種になる。

難病になると、お財布も、寒い……。

第9章

# はじめての、年越し

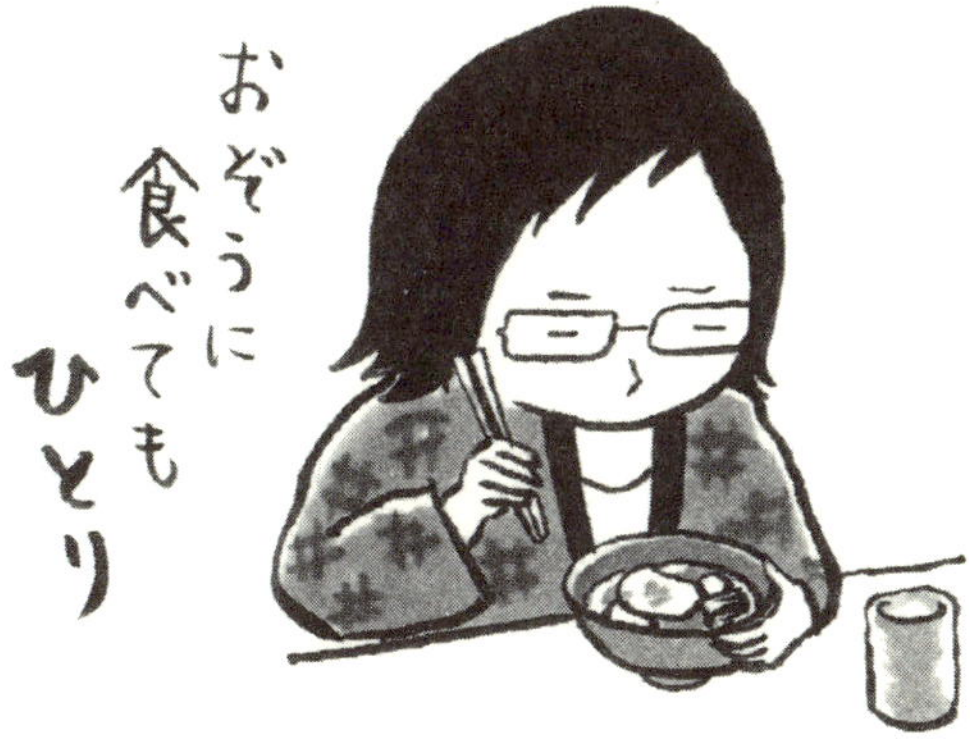
おぞうに食べてもひとり

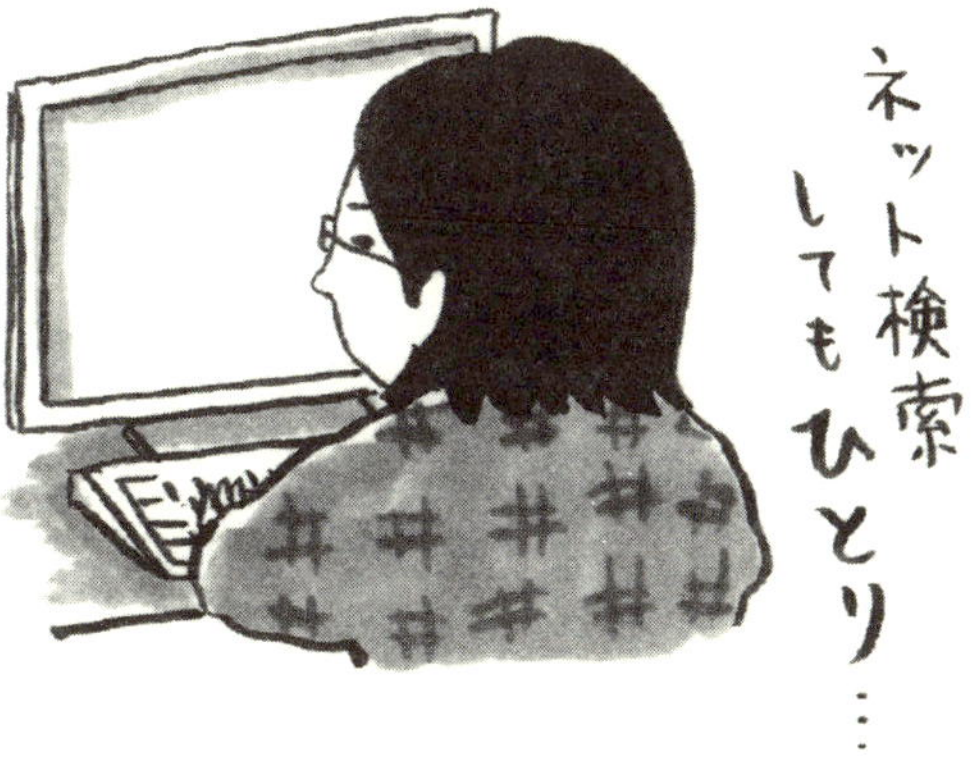
ネット検索してもひとり……

電気ファンヒーターのスイッチを入れる。出てくる温風がせまい部屋をあたためてくれて、室内の寒さはこれでしばらくしのげるかなと、フウーと一つ深呼吸をした。

これから、在宅ライフではじめて迎える年末年始をサバイバルしなくてはならない。

年末年始は、ヘルパーさんだって故郷に帰省する。普段利用している配食サービスも、大みそかと三が日はお休みになる。病院や調剤薬局も仕事納めをする。普段、自分の生存を支えてくれているサービスに従事する労働者のかたがたが、休暇をとる期間。

難病人にとって、年末年始は「お休み」ではなく、サバイバル期間なのだ。三百六十五日、難病は年中無休。

## 帰省しないひと

そういえば、十八歳で東京に上京してきてから、お正月に「帰省」をしたことが一度もないな、とふと考えた。

大学一年生のときから、なんだかんだと実家に帰るタイミングを逃しまくってきた。

忘れもしない、二〇〇四年十二月二十六日。

その日、スマトラ島沖で大地震と大津波が起きた。自分たちが研究のフィールドとしてお世話になっている村々が、壊滅したのだ。東南アジア地域研究周辺の学生・大学院生は、とにかくみんなそれぞれ駆けずりまわって、学部の一年生だったわたしも学内で募金を集めたり、ニュースを翻訳して現地の情報を発信したりする作業に追われ、「お正月」を過ごした記憶がとりあえずない。

それからというもの、大学の短い冬休みにあたる年末年始の一週間ほどは、もっぱら、自分の研究フィールドであるタイ―ミャンマー国境や、東南アジアの辺境各地で過ごしてきた。

福島の実家のお正月は、物心ついたときからずっと、楽しいながらも非常に息苦しい、矛盾した営みだった。ご親戚一同が、一軒一軒、年始のご挨拶にいらっしゃる。本家であるわが家は家を空けられないので、両親とわたしは、年末におせちや接待の準備を一週間以上かけてして、三が日はずっとお客様を「待って」いるのだ。畳の上に正座で三つ指ついて、笑顔でお辞儀をする。宴席が始まると「お給仕係」としてお酒を注ぎ、お客さんの杯が空かないように目を配り、台所の前で待機する。

東京に「逃げて」きて、いわゆる田舎の本家の長女の責務を放棄する言い訳ができて、正直すこし、解放された気がしていた。

支援活動や調査に追われたり、一人で国際空港のトランジット（乗り換え）のフロアで買い物をしたり、現地のゲストハウスにこもってインタビューのテープ起こしをしたりと、帰省しない年越しが、すっかりわたしの習慣になっていた。

## 「異変」

時は発症直後、二〇〇九年の年明け。

わたしはバンコクのサイアム（東京の表参道みたいなところ）にあるスターバックスのソファでぐったりしていた。

タイでは、西暦のお正月は驚くほどにあっけない。旧暦の「ソンクラーン」と呼ばれるお正月のほうを盛大に祝うのだ。それは四月のなかばの時期、無礼講で水をぶっかけあう。わたしが常宿にしていたチェンマイでは、ソンクラーンの時期にうかうか道を歩いていると、突然、水鉄砲、ホース、バケツ、コップなどで「お祝い」を浴びせかけられて水浸しになった。

その年、私は出発前にかなり具合が悪くなっていたにもかかわらず、タイに来てしまった。全身が腫れて、三十八度以下に下がらない高熱が続き、スーツケースすら自力で持てない（老人カートのように、歩行器代わりに使っていた）状態だった。重いプレッシャーがわたしを衝き動かしていた。奨学金をほぼ最年少でもらうことができたのに、もしこの調査を果たせなかったら、自分の大学院生としてのキャリアは閉ざされると思った。

バンコクのスターバックスは一月一日でも、普段通り静かに営業していた。店員さんからひとこと「Happy New Year」と声をかけられたくらいだ。

Let's note のモニターの画面に、熱でぼんやりしながら目をやる。指導教官の先生から、様子を心配するメールが届いていた。


二〇一〇年の年明けは、極寒のムーミン谷で迎えた。

前年の九月末、やっとの思いで入院させてくれる病院に辿り着き、連日の検査地獄をくぐり抜け、十一月に治療方針が決まって、ステロイド六十ミリグラムの投与に踏み切った。

反応は劇的で、ショック状態に陥ったわたしは、閉じ込め症候群（Locked-in syndrome）

になった。

ムーミン谷から二匹のムーミンが呼ばれるほどの「ご危篤」状態だったが、なんとか持ち直して、ステロイドを「五ミリグラムから増やす作戦」に切り替え、十ミリグラムまで増えたところだった。

ここで、衝撃の「退院」という局面を迎える。

世の中はクリスマス。病院の「診療報酬」の減額対象となっていた長期入院患者のわたしは、周囲の雰囲気から、ひとまず「退院」が避けられないことだと悟った。

大学の友達や駅員さん、ムーミンの助けを借りて、無理やり里帰りした。

実家はマイナス十五度である。手直ししているとはいえ、大正時代に建てられた古民家は、家じゅう、ものすごく寒い。茶の間の掘りごたつに布団を敷いてもらい、完全寝たきり状態の悲惨な年末年始だった。

なんだか、全身至るところから出血しだして、身を引きずって再入院するために病院へ戻ってきたが、「注意が足りん！　意識が低い！」と主治医の上司のパパ先生に容赦なくシバかれた。

そして、今年。

わたしは賃貸マンションの自分の部屋で、一人ぼっちで、年越しを生きのびるべく、悪戦苦闘していた。

## 年越しサバイバル

まずは、病院、院外処方箋調剤薬局、ヘルパーさんの事業所、区の障害者福祉担当窓口の仕事納めのスケジュールを確認する。

「難病年末年始・特別対策カレンダー」を作成するのだ。

病院の最後の外来は、十二月二十八日！　院外処方箋薬局は、翌二十九日！

わたしは、二十四時間三百六十五日、ステロイドや免疫抑制剤を投与し続けることによって病態を抑え込んでいるので、薬の確保は、生死を分かつ問題である。にもかかわらず「何か月分もまとめて処方しておく」なんてことはシステム上できず、きっかり一か月ごとにしか処方箋は出してもらえないシステムになっている。

年内最後の外来に行ったら、クマ先生はカルテを記入しながら言った。

「まあ、年末年始、入院してもいいのかなとは思ってたんだけど」

「えっ！」

「なんか、まあ、悪戦苦闘してるようだから、そのまま悪戦苦闘してみるのもいいかなと思って」

「えっ！」

至極のんびりした口調で、なかなか重大なことを言う。

そんなことをいきなり言われても、今さら入院する体制に切り替えるなんて無理だ。今受けているサービスを止めないといけないし、書類をそろえたり、入院の手続きや事前準備だってしなくてはならない。それに、「一人暮らしする！」と宣言した以上は、なんとしてでも、しばらく入院はしたくなかった。

外来の会計が十八時に終わると、冷たい風が吹く中、家と病院の中間地点にある処方箋薬局へ、よろよろと急いだ。

ひと昔前までは、病院の薬剤部が処方箋を出せば、薬は病院の中で受け取ることができた。しかし、昨今は事情が違う。

病院によって微妙に事情は異なるが、今の病院で院内処方してもらえる薬は数種類まで。外来の患者さんは、ほとんど院外処方箋に切り替えになった。

わたしが院外処方をお願いしている薬局は、場所柄、難しい病気の人がたくさんやってくる。そのせいか、小さい店舗ながらとても優秀そうな薬剤師さんが切り盛りしている。三人の薬剤師さんは、全員女性だ。

わたしの一か月の薬は種類と量がとても多いので、「当日」というのはいつも無理で、だいたい処方箋を渡してから二日後くらいに受け取っていた。どのくらいの量かというと、スーパーの買い物用のエコバッグがパンパンになるくらい。

今回は、緊急事態だ。なにせ、二十八日に処方箋を渡して、二十九日が仕事納め。もし間に合わなかったらどうしよう。これまで、薬剤師さんと事務的な会話以外は交わしたことがなかったが、はじめて「個人的」な言葉を伝えてみた。

「間に合うでしょうか……」

おかあさんと同じ年代くらいの薬剤師さんは、穏やかに言った。

「大野さん、もしよかったらですけれど。わたし、明日帰る前に、ご自宅にお届けしましょうか」

翌日、本当に年内の業務終わりのその後に、マンションの玄関まで薬がつまった大きなビニール袋を届けに来てくれた。

「お薬、できました！」

やらなくても誰にも怒られたりはしない「業務外」のことなのに……。

病院の門の中にいるときは、病院の薬剤師さんが何もかもをしてくれていた。同じ建物、組織の中にあるから、お医者さんがオーダーを出せば、すぐに出てくる。

門の外では、門の外の、シャバの薬剤師さんとお付き合いをすることになる。

これ以降、この薬剤師さんは何かとわたしのことを気にかけてくれて、わたしも「個人的」なことをすこしずつ相談したりするようになるのだった。

区の窓口は、区のホームページのお知らせ欄を見て、開いている時間を確認しておく。

ヘルパーさんは、事業所によって方針が違う。「独居の人のみ年末年始も対応」とか、「年末年始は全面一律休業」とか、「年末年始もなんとか自転車操業」とか……。

自転車操業をするためには、都内近郊に住んでいるヘルパーさんたちが普段の数倍の仕事をこなさなくてはならないから、そういうことができるのは登録ヘルパーさんが数百人単位でいるような、比較的大規模な事業所にかぎられる。

わたしは三つの事業所と契約していた。それぞれの方針をすり合わせて調整をはかったものの、一日と二日だけはヘルパーさんは「お休み」となった。二日間くらいならぎりぎり、洗い物や、洗濯物を出す量を少なくして、お部屋も清潔に保つよう気をつけておけば、なんとか耐えられる。

## 難病おひとりさま

病院と主治医の先生もお休み、薬局は閉まる、ヘルパーさんもお休み、配食サービスもお休み、区の職員さんもお休み。本当にこの期間は「ひとりぼっち」になるのだ。

友達や知り合いにヘルプを求めるわけにはいかない。なにせ、年末年始。普通の人は帰省したり、プライベートの休息のために時間を費やす期間だ。普段ならまだしも、大みそかや三が日に他人に何かをお願いするというのは、とても気が引けてできない。

極寒の福島の実家に帰ったりしたら、「何か起きたとき」にどうしようもなくなる。県内に、わたしの疾患に対応できる専門医はいない。

「ひとりぼっち」ってこういうことか、と生まれてはじめて身に染みた。

発病する前は、一人の時間を謳歌しながらも、いざとなったら友達が助けてくれるとか、公的機関が対応してくれるとか、家族に頼ればいいとか、思っていた気がする。

今、実際に「いざとなっている」わけだが。

友達や親には、「ちょっとしたこと」とか、相手の気分がいいときとか、調子がいいときになら何かをお願いすることはできる。けれど、「いざとなったとき」の依存先として頼りにし続けるのは、現実的に無理だと思った。

チョーナイスでお金にも時間にも余裕がある親友が二百人くらいいる場合は別なのかもしれないが……。わたしは、友達が少ない。しかも皆、それぞれ事情があり、忙しいし、そんなにお金はない。

お嫁に行く、という究極の最終手段もあるわけだが、これまで二十七年間生きてきて、一度もお嫁に行こうとも行けるとも思ったことがない。家族をもたないで「ひとりぼっち」で生きる、というライフスタイルをひねり出さないといけないのかもしれない。

参考になるような事例・前例があるのかどうかGoogleで検索してみたが、ヒットしなかった。

わたし自身が〈実例〉にならないといけないのかな。

ヘロヘロになりながら作った、せめてもの「お正月らしい」お雑煮を（もちは伸びの少ない玄米もちをひと口大にカットして、のどに詰まらせたりしないよう極力配慮した）、注意深く飲み込みながら、ぼんやり考えたのだった。

第10章

# 書かなきゃ、書かなきゃ、書かなくちゃ

ガラス窓に、雨粒のような結露がびっしり。外は、びゅうびゅうと寒い風が吹いている。数秒でも出ると、脊髄の奥から凍り固まってしまうような気がする。

わたしはデスクトップのモニターの前で、一心不乱にキーボードをたたいていた。

発症してから今までの「嵐」を、そのままパソコンにぶつけるように。

麻酔なしでオペをした記憶や、ステロイドを初めて投与したときの、ひどい副作用。閉じ込め症候群（Locked-in syndrome）になって発話すらできなくなったときのこと。おしりの半分が流失したこと……。

退院して間もないころから、ある出版社のウェブマガジンに「連載」をしていた。

わたしには病名が二つついているが、いっぽうの筋膜炎脂肪織炎症候群（Fasciitis-panniculitis syndrome）は、地球上に何人いるのかすらほとんどわかっていない。日本列島の中では、超希少な難病だ。「めずらしい！」ので、とりあえず、自分が経験したことを記録に残しておこうと思った。

それに、自分の痛みや辛さ、苦しさ、耐えがたいような倦怠感に疲労感、これは「自分だけのもの」だとは到底思えなかった。きっと、この地球上には、同じような悩み事や困り事を抱えている人がいるのではないかと思ったのだ。

シャバの在宅生活をなんとか続けていたけれど、冬の寒さにはかなわない。書類の手続きも、身体の状態も、なにもかもスピードが落ちてしまう。

大学院ももちろん休学したままだし、行くところもなく、行く術もなく、通院以外は強制引きこもり状態。ただツイッターのつぶやきのみで外界とつながる。

そんな中で、起き上がれる時間はひたすらパソコンに向かった。なぜか、文字は勝手にあふれだしてきて、隔週で一万字書いた。

宇宙に、地球外生命体が「きっといる！」と信じて、信号を送り続ける人の気持ちが、わかるような気がした。

## 冬は、「難病さん」は元気いっぱい！

二〇一一年の年明け、主治医のクマ先生の外来は二週間に一回程度になった。自己免疫疾患は、外気温が低いだけでグーンと盛り上がってくる。わたしよりも、わたしの身体の難病さんのほうが、とっても元気になる。いわゆる「増悪《ぞうあく》」というやつだ。

それでも、生命維持のために通院しなければならない。ヒートテックは、力強い味方だ。

インナーは二枚重ね、手袋もヒートテック。靴下はモフモフで、喉にネックウォーマーとマフラーを巻く。入院中に買ってきてもらったGAPのダウンコートを着込み、メガネをかけてマスクをし、帽子をかぶる。

部屋の玄関のドアを、気合で開ける。

「よっこいしょーっ」

真夏に申請してから半年以上が経過しているのに、電動車いすはまだ届かない。自力で、なんとか病院の受付まで、遭難したり凍死したりしないように、辿り着かなければ……。

## 運命(?)の区のレター

決死の思いで外来から戻ると、Q区から一通の封筒が届いていた。福祉制度関係の書類のやりとりで毎日たくさんの封筒が届くので、何の気なしに、封を開けた。

A4のペラ紙が一枚、入っていた。

「補装具費支給決定通知書」

「標記のことについて、次のとおり決定しましたので通知します」

文字が見えた瞬間、心臓がバクバクして、その下の部分を見れなかった。いつとも知れないまま、ただただ待ちわびていた、車いすについての通知だ。

とりあえず、落ち着こう。一回、天井を仰いで深呼吸する。

こんな気分になったのは、大学受験の合否通知を手にしたとき以来だ。

頭の中に、いろいろなことがかけめぐった。そもそも、支給決定そのものがおりているのか。もしおりていなかったら、百パーセント自費購入になる。もしおりていたとしても、申請した見積もりのうち、どの程度が認められたのだろうか。自己負担額は何万円、何十万円になるのか……。

先を見よう。

とりあえず、「決定内容：電動車いす（簡易型）」と記載がある。

これって、決定されているということ？　「公費負担額」の欄に数字が入っているので、一部は公費で助成が受けられるということなのだろうか。

電動車いすの業者さんに、不安な気持ちのままメールを送った。

「それは、公費負担の部分は出るということですよ～」と返信がきて、かなりホッとした。

少なくとも、何十万円という金額は助成してもらえるようだ。

「自己負担は、どのくらいなんでしょうか」

「んー、六年間使わないといけないし、大野さんお若いから予後できるだけ身体の負担を軽減できるものにしたほうがいいし、褥瘡のこともあるからちゃんとシーティングしないとね。十五万円くらいを想定して、用意してください」

ここで廉価なものを選んで、六年間ずっと不自由するよりは、きちんと身体に合ったものを手に入れたい。そう考えると、十五万円は高いのか、安いのか、よくわからなかった。ただ、とても大きな出費なので、いよいよ唯一の定期預金を、崩すしかないなあ。

結局、この通知からわかったのはだいたいの自己負担額くらい。車いすがいつくるのか、どうやってくるのか、細かい調整などはどうするのか、詳細は依然として不明のままだった。

## なぜヒトは冬眠できないのか

二〇一一年に入ってから、ステロイドの投与量は退院当初の二十ミリグラムから十八ミリグラムに少しだけ減っていた。が、まだまだ多め。免疫が低下しているので、感染症にかかりやすい。そしてかかると、ちょっと死にかける。

冬場は、病院など人が多い場所には、風邪やインフルエンザなどの菌やウイルスがうようよしている。

病院から戻り、ぶるぶる震えながら急いで洗面所に駆け込む。お湯を洗面台にためて、疾患の症状で紫色になった手先をあたためる。

「冬眠したい……つらい……」

「わたしは、ヒグマになりたい……」

そんな時期。

ツイッターに、一通のダイレクトメールが届いた。

「何か、お手伝いできることがあればと思って」

見知らぬかたからのメッセージだ。普段は常識的に考えて、「お気持ちだけいただきます」とお答えする。

けれど、この人のメールは、なんだか「いつもと違う」感じがした。アカウントのツイートを見て、「おかあさん」をしている人だということはわかった。就学期の息子さんや娘さんがいて、とてもモフモフとして立派な猫さんを飼っている。カフェの写真や食べ物の写真から、東京にお住まいのかたであろうということは推察できた。

ヒトは、どうして、他人に関わろうとするのだろうか。

何の利害関係もないのに、「お手伝い」するのだろうか。

昔の自分のこと、難民キャンプに行っていたころのことを思い出してみた。あのころ、「お役に立ちに行く」と思って行ったことはなく、それよりも、自分があのキャンプのおじいさんに話を聞いてみたいとか、誤解を恐れずに言えば「興味本位」の気持ちが先に立っていた気がする。

突然ツイッター上に届いた「おかあさん」からのメールは、その「興味本位」のような、自分とちょっと似たにおいがした。

わたしは、数分考えて、気楽な返事を書いてしまった。

「いいんですか、ぜひ。助かります」

数日後、やってきた人は真理さんといって、スリムでこざっぱりとした、五十代には見えない若々しい女性だった。さりげなく着こなしたマーガレット・ハウエルの白いシャツが似合っている。

その日は、たまった書類やファイルの整理などを手伝ってもらった。

真理さんはそれ以来、一か月か二か月に一回くらい、ふらっとやってきては「お手伝い」をしてくれるようになる。「友達」ともちょっと違うし、「知人」というわけでもない。不思議な関係。

## 「人の親切」にこわごわ触れる

これまで、公的な支援以外で、積極的に人に何かをお願いしたり、ボランティアをしてもらうことは避けてきた。稀に真理さんのような人とお付き合いすることがあっても、「いつでも、気が向いたときでいいいです」と頻繁に伝えていた。別に訊かれているわけじゃないのに、「義務じゃないですよ」とか「負担にならない範囲で」とか、過剰なまでに予防線を張っていた。

継続的に生活を支えてもらう人たちは、あくまで「システム」の範囲で。

「システム」と生きていくのは、楽なことじゃない。申請手続きや、どんどん変わっていく制度の仕組みを調べているだけで、大袈裟でなく三百六十五日の生活が終わってしまう。

でも、「人の善意」とか「ボランティア」に依存するのは、入院中に〈失敗〉してからというもの、怖くて仕方なかった。「システム」を変えるにはどうしたらいいのか、そればかり悶々と考え続けていた。

自分のように難病の「クジ」を引いた人が、せめて生きていける「システム」をつくりたい。そう思いながら、パソコンに向かって文字を打ち込んだ。「連載」がウェブサイトにアップされると、瞬時にものすごい数の反応が返ってきた。最初は、宇宙に信号を送っていたつもりだったのに……。

難病の患者さんが、世の中にはこんなにたくさんいたのかと驚くほどに、大量の「声」が寄せられた。わたしが書いた文章への感想ももちろんあったのだが、多くが「実はわたしも……」「わたしも……」という、個々の人たちのそれぞれの経験。大部分は、医師と患者の関係性についてのことだった。

「パンドラの箱」を開けてしまったのかもしれないと感じた。別に、医療関係者が悪いとは思わない。でも、難病患者さんたちはこれまで、お医者さんに言いたくても言えないことがたくさんあったんだなと、お便りを読みながら痛感した。

## 難病宇宙は広かった

退院したとき、わたしは「難病でも一人で生きていく！」という、大風呂敷どころか、ペルシャ絨毯を広げていた。

気がつけば、退院して八か月。

瞬く間に時間は過ぎて、ヘトヘト。後ろを振り返る余裕なんかなくて、とにかく一日一日を生きのびるしかなかった。そんな中で、唯一、全身全霊を注いで「連載」を書いてきた。

寄せられた大量の反応を前にして、わたしは情けないことに、途方に暮れてしまった。あまりに問題が、巨大すぎる。とてもじゃないけれど、患者さんたちの苦しみを一人でどうにかするなんて、できっこない。

ふと、「あれ、わたし何がしたかったのかな？」と思った。

「一人で生きていく」って、一体、どういうことなんだろう？

部屋を借りて、二十四時間難病とバトルして、社会の制度に振りまわされて過ごしてきた。これが、わたしがしたかった「自立した難病ライフ」なのかな？

というか、「自立」ってなんだろう。

ヒトが自立している状態とは、一体、どういう状態なんだろう。

暴走機関車のように突っ走ってきたのに、急に、石炭が枯渇したようにパッタリとエネルギーが切れた。

病院の中で感じた思いが、ふたたびよみがえってきた。

「わたしなんて、生きてる意味、ないんじゃないかな」

## 第11章

# ゆ・れ・る

「グワン」と音がした。聞いたことのない、奇妙な音だった。

何の音なのか、と考える前に、部屋じゅうの本が本棚から一斉にドサドサと落ちてきた。

ゆれているんだ。

このマンション自体が、倒壊している？

パソコンの前で作業をしてくれていた真理さんが、わたしが立っていたキッチンのほうへ寄りすがってきて、そばにある電子レンジと本棚が倒れてこないように、押さえてくれた。

「これ、地震じゃない？」

「ええ？」

ひとまず、普段は滅多に見ないテレビの電源を入れた。こういうときは、たしか「NHK総合」。キャスターが速報を読み上げているが、状況がよくわからない。

エレベーターが、止まっていた。普通、こういうときは「建物の外に出る」ということをするのかもしれないが、自力で階段を下りられないし、死ぬ気を出してなんとか下りたとしても、上って部屋に戻れない。

いったん大きな振動がおさまったかなと思うと、また、ぐわ――んとゆれる。しばらく繰り返すので、真理さんとベッドに座って、テレビの画面を見つめた。

何が起きているのか、わからなかった。

すこし経過すると、テレビの画面に日本列島の地図が表示された。真っ赤だった。

「東北地方　宮城県沖　マグニチュード9・0」

「津波がきます。逃げてください」

「津波」。二〇〇四年十二月二十六日のスマトラ島沖大地震・大津波の「悪夢」がよぎった。悪寒がして、全身の肌があわだった。

## 「悪夢」、ふたたび

スマトラ島最西端のバンダ・アチェの映像が脳裏に浮かんだ。「あれ」がくる。

家、土砂、瓦礫、家畜、電柱、学校、人、車、地上のすべてを押し流しながら迫ってくる、「あれ」。

二〇〇四年のあの日、メール添付で送られてきた、バンダ・アチェの津波の映像。人が叫びながら、凄まじいスピードで迫ってくる水に飲み込まれる。助けようとして手を伸ばすが、流れに逆らえずに、目の前で人が流されていく。

二〇〇六年の二月、バンダ・アチェの地域研究をしている人たちにくっついて、被災地の現状調査に入った。アチェ人男性のガイドに案内してもらいながら、「本当に、ここに街が存在したのだろうか」と海岸沿いで呆然と立ち尽くした。白いモスクが一つ残されているのみで、見えないはずの海が見晴らしよく見える。コンクリートの建物の基礎部分を残し、まさしく「何もない」状況だった。

「地獄だった」

「人の遺体が腐るにおいなんて、あんたは、かいだことないだろう」

ガイドのアチェ人男性の目線は、遠いところを見ていた。わたしは、こんな質問がどんなにか無礼千万であるかを承知で、訊いてみた。

「津波が来た直後、どう思った？」

「どう思ったかって？　『アチェは終わりだ』と思った」

発症して以来、思い出す余裕すらなかったフィールドの記憶や感覚が、蛇口の栓をとっぱらってしまったかのように、あふれ出してきた。

## 二〇一一年三月十一日、金曜日

自力では部屋から出ることすらできないので、部屋の中からツイッターでつぶやいた。つぶやいても、今、津波が押し寄せ、何もかもが飲み込まれて引き流されている場所に届くはずはないとわかっていたけど、つぶやかずにはいられなかった。

東京にいて、ツイッターが見られる環境にある人は限られているけれども、これから主に東京の人が支援に飛んでいく。

『津波は、「水」ではありません』

『スマトラ島沖大津波と、同じです』

『「濁流」は水ではありません。建物も車も土砂も瓦礫もすべてふくまれた固まりが流れてきます』

『宮城、福島、海岸から、海につながっている河が氾濫してきます。河から離れて。「濁流」は水ではなく固まりです。すべてを押し流します』

福島のムーミン谷のママ、パパは、生きているのだろうか。

電話をかけた。

「ただ今、回線が大変混雑しております」

案の定、通じない。

福島の第一原発と第二原発は、見るも無残に崩壊しただろうなと思った。「メルトダウン」という単語が反射的に浮かんだ。わが家のおじいちゃんは、由緒正しき地域の反原発運動家であったため、「メルトダウン」とか「燃料棒」とかの言葉は、「ラーメン」とか「カレーライス」の言語レベルでよく使われていた。

家族や親戚の顔が、数十人くらい浮かんでは消え、生きているか死んでいるか、それとも逃げているのか、考えた。

おとうさん、おかあさん。

何の根拠もなく、「きっと、生きている」と思った。

動物的直感としか表現しようがないが、両親は必ず生きているはずだと思った。

真理さんは、心配だと言ってしばらく部屋にいてくれた。真理さんの携帯が夕方になってやっと通じて、家族に家の様子を確認していた。キッチンの食器棚のお皿類は、全滅みたいだった。ご自身の家も滅茶苦茶な状態になっている。

「大野さん、本当に大丈夫？」

「大丈夫、大丈夫。それより、どうやって帰るんですか」

都内の交通機関はすべて麻痺していた。真理さんは、マラソンしながら帰るという。

「一時間ちょっと走れば、着くから。今日、スニーカー履いてきて運がよかったわ」

真理さんの趣味は市民ランナーだ。フルマラソンも走る。

「走って帰る」という選択肢があるのはすごいなと思った……。

## 行政もダウンする

「ピンポーン」

真理さんが帰ってからすぐ、インターフォンが鳴った。

こんなときに、誰だろう。

「ああ、よかった、無事ですか！」

区の相談支援担当の女性職員が、息を切らして、安否確認をしにきてくれた。

「無事です、部屋もせまいし、地震のときお客さんが本棚を押さえてくれたので、倒れなかったです」

担当している障害のある人の家を、全戸、自転車でまわっているという。常に数十ケースは担当しているから、夜を徹してまわるのだろう。彼女には、小さいお子さんもいる。自分の家だって大変だろうに、立派だなあと、率直に思った。

わがQ区は、東京都心部に位置している。ここの機能が停止したら、日本の中枢が機能停止していることとほぼ同義だ。Q区ですら、こうやって職員の人が総出で、手元の担当者名簿のファイルを頼りに、自転車で安否確認をしている状況にある。区役所の他の業務は、一時的にダウンしているに違いない。

ほかの自治体は、どうしているのだろうか。被災の程度が大きいところは、たぶん、行政機能自体が停止しているのではないか。

「お役所」が、一時的に、ない状態。

被災地自治体は、難病の人や慢性疾患の人、高齢の人や障害のある人へのサービスがもともと手薄い。もともと生存ギリギリでみな生きているのに、患者さん達や障害のある人たちは、一気に弱って死んでしまうのではないか。

ツイッターでつぶやいて何の効果があるのかはわからないが、とにかく考え得るかぎり妥当な情報発信をするしかないと思って、パソコンの電源をまた入れて、つぶやいた。

『おせっかい、躊躇をすべて無視して、高齢者、障害者、難病患者、周囲近所に声をかけまくって』

『彼らは自力で動けない、避難できない、室内に物が散乱してもどうすることもできない』

『ステロイド、透析、血液製剤、免疫抑制剤等、医療行為・薬品が生命維持に毎日不可欠なひとの医療ライン確保を』

## パパ先生は、変わらない

今日はもともと、病院で緊急受診する予定だったことに気がついた。帯状疱疹《たいじょうほうしん》と思われる症状が口元に出ていた。

わたしは免疫力がとても低くなっているので、重度化する前に対症療法薬で抑え込まないといけない。

こんなときに診てもらえるのかどうか、まったくわからなかったが、とりあえず病院の夜間専用窓口まで行ってみた。そういえば、今日は金曜日だ。ちょっと不吉な予感がしたが、とにかく向かった。

玄関で守衛さんに、ここまで来た理由を告げる。

「いつもクマ先生という人にかかっていて……それで今、こういう症状が出ているので……内科の先生がいたら診てもらいたいんです」

「病院のほうに連絡しますので、お待ちください」

しばらくすると、

「〇〇先生が診てくださるそうですので、病院玄関へどうぞ」
パ、パパ先生だ。退院して以来、怒られるのがちょっと怖くて避けていた、パパ先生の外来。
病院の玄関を入ると、ロビーには「帰れない患者さん」たちがぐったりとソファに横たわっていた。点滴の針を腕につけたまま、じっとロビーのテレビを見続けている男性。杖をかたわらに、自動販売機で買ったのか、菓子パンを神妙な面持ちで食べている六十代くらいの女性。たくさんの、それぞれの事情がある患者さんたちが、普段は埋まることはないソファを埋めていた。

この病院は、緊急時のために自家発電機が備えつけてあるので、エレベーターも普通に動いている。

カツカツと、パパ先生が風を切って早足で現れた。

「あっ！　大野さん！　こっちに来なさい！」

お、怒られた。まだ何にも言ってないのに……。

四階に上がって、空いている処置室で診察してもらった。

「ヘルペスだなんて、無理をしすぎたんじゃないのか！　自己管理できているのか！」

「すみません……」

「アラセナ軟膏とバルトレックスで、経過観察！」

「先生、こんな状況なので、次にいつ来られるかわからないので、それと口は塗り直さないといけないのでわりと早く軟膏が減ってしまうので、アラセナ二本処方していただけないでしょうか」

「何を言っている！　一本で十分だ！　東北の人のことを考えなさい、贅沢を言ってはいけない！」

パパ先生は、いつもとほとんど変わらない。

もしかすると、わたしたちにとっての「非日常」は、日々、難病患者さんの診療をして生き死にに関わっているパパ先生にとっては「日常」なのかなと思った。

世の中が、パパ先生の日常に近づいただけなのかもしれない。

## 役に立ちたい、という欲求

夜、一人になった。

ヘルパーさんは明日来られるのかとか、すでに都内ではスーパーの棚が空っぽらしいから食料の確保をどうしようかとか、薬品の物流が滞って免疫抑制剤を手に入れられなくなったらわたし死んじゃうけどどうしようかなとか、他人事のように「危機リスト」をノートにメモした。

マンションのガス管が断裂してガスが使えず、お湯が出ない。シャワーの使用はしばらくできないが、感染症を起こさないように、なんとか全身清拭と、おしり洞窟の洗浄はしなければならない。

「ティファール」の電気ケトル（0・8L）で熱湯を沸かしては、たらいに溜め、水道の蛇口から出てくる冷たい水と攪拌《かくはん》する作業を二十六回繰り返し、洗浄用の「お湯」を準備した。いつも生存ギリギリだが、もうちょっとギリギリ加減が切迫している。

テレビの画面は、つけっぱなしにした。ヘリから上空撮影した、気仙沼の映像が映った。もう日が暮れていて、停電して真っ暗なはずなのに。気仙沼は、真っ赤に染まっていた。火だ。「空襲みたいだ」と、思った。

たくさんの人が、きっと死ぬだろう。不条理に、本人に何の責任もなく、さしたる理由もなく。

わたしは、自分も死にたくないが、ほかの人に死んでほしくない。

一人でも少なく。パソコンの前にいれば、できることはある。情報が断絶していない首都圏や海外に、「こういう困っている人が被災地にいるはずだ」と伝えることくらいはできる。

人の役に立ちたい、という欲求。

おせっかいで、ある種傲慢な、その衝動がよみがえってきた。

# 第12章
# お役に、立ちたい

大きくゆれた、翌日。

都心の、わたしが住んでいる地区のスーパーでは、生鮮食料品は棚から一切消えていた。流通経路が一時的にストップしたことに加えて、みな、一気に買い占めに走ったらしい。

この状況にもかかわらず、ヘルパーさんは一時間ほど来てくれた。だが、ライフラインが止まっている状態では、どうしようもない。

「どうする、更紗ちゃん。食べるものがないわね……」

「外では売ってないですか」

「うん、Q区内では、どこのスーパー行っても何もないのよ。配食サービスのお弁当も止まってるし」

「でも、薬を飲まないといけないので、何か口にしないと……」

## ツイッター・ユートピアの共同体

「食べるものが、ない……」

「栄養管理できる食品が、ない……」

ツイッターでつぶやいた。

すると、さっそく反応があった。近隣に住んでいる知り合いの編集者が、自転車ですこし遠くのスーパーの「買い占めバトル」に参入してきてくれるという。彼女は自転車フリークだ。

「ちょっと、待っててっ！」

数時間後、額に汗をびっしりかいたY子さんが、玄関先にやってきた。

左手には、特大サイズのエコバッグ。これでもかというくらいパンパンに「戦利品」がつまっている。右手の、これまた同様に特大サイズのエコバッグを差し出して、

「これ、更紗ちゃんのぶん！」

「えぇー、いいんですか？」

「いいのよ！　もうね、本当は野菜とかフルーツとか持ってきてあげたかったんだけど、なんにもないの。棚に残ってたものを漁ってきただけだから。お金もいらないよ！」

大豆の缶詰、食べる昆布、ドライフルーツ、長持ちする菓子パン、「ソイジョイ」、ひじき、パック入り豆乳……。

豆乳がとにかくありがたかった。ステロイドの副作用で、カルシウムとタンパク質をと

らないと骨がスカスカになっていってしまうので、豆乳か低脂肪乳をなんとかして手に入れなくてはならなかった。

Y子さんはアウトドアの趣味もあり、たくさん懐中電灯を持っているらしい。

「うちにこういうのいっぱいあるから、一個あげるよ。停電したとき、ロウソクとかは危ないでしょ、使って」

てのひらにおさまる小型の懐中電灯を、一個くれた。

すぐに、電池がないことに気がついた。ひとまず、一週間くらい生きのびるために、豆乳か低脂肪乳、乾電池などが必要だなと思った。

「豆乳が、尽きる……」

「食べるものが、やっぱりない……」

「乾電池が、ない……」

ツイッターでまたつぶやいたら、窮地と察した近隣に勤めるサラリーマンの人が（この人も自転車が趣味のようだった。災害時に自転車は強い）、なんと千葉まで探しに行ってくれた。

自転車ツーリングをする人がつけるヘルメットをかぶって、息を切らして、豆乳とカロリーメイト、乾電池の三セットを箱買いしてきてくれた。

「大野さん、これ！」

「ええ〜！」

「千葉で、売ってた。都内のこの辺はぜんぜんなかったから、チャリで行きました」

「お金を払います」

「いや、そういうつもりじゃないんで。自分は平気なんで。じゃ」

ちなみにこのサラリーマンの人は、このときに助けていただいたのみで、その後とくに交流はない。不思議なものだ……。


アメリカのノンフィクション作家、レベッカ・ソルニットという人が書いた『災害ユートピア』という本が、二〇一〇年のクリスマスに日本でも翻訳出版されていた。

「……不幸のどん底にありながら、人は困っている人に手を差し伸べる。人は喜々として自分のやれることに精を出す。見ず知らずの人間に食事や寝場所を与える……」

この状況って、「災害ユートピア」そのものだよなあ、と思った。

いっぽうで『災害ユートピア』には、この「みなが助け合う社会」が一時的なもので、しばらくすると、またもとに戻ってしまうということも書いてある。

今は、こうやって飛び込みでたくさんの人が助けてくれてなんとかなっているけれど、すぐに、自力でなんとかしなければならなくなるだろうなと思った。

福島の実家の電話は、今日も通じなかった。

携帯も、つながらない。

## 当事者の、ボイス

ゆれてから、ずっと気にかかることがあった。

障害のある人、難病や慢性疾患がある人、高齢の人、人工呼吸器ユーザーなど、生命維持のために医療的ケアが常時必要な人たちのことについて。

自分が「当事者」だから、「ほかの当事者」が困るであろうことについて、ある程度だが予測がついた。そしてそれは、これまで自分がしてきた中で「最悪の予測」だった。

テレビをつけっぱなしにしているが、「彼ら」のことは一切伝わってこない。

集団避難など、できない人たち。もしかしたら、誰も助けに来なくて、取り残されているのではないだろうか。おそらくはそうだろうという、根拠のない直感があった。

「何ができる？」

心の中で自問した。自分の命すら、こうやってギリギリの状態で。

「いったん、始めたら、最後までやらなきゃいけないんだよ」

「でも、今やらなかったら、一生後悔する」

パソコンの電源を入れた。

都心部ではインターネットはすぐに復旧していた。

まず、「原稿」を書いた。できるだけたくさんの人に自由に見てもらえるように、ウェブ上の「シノドス」という媒体にのせてもらった。

障害や病気を抱えている人たちは、どのようなニーズがあって、どういう窮地に陥っている可能性が高いか。特に人工呼吸器ユーザーは、電源が落ちると予備バッテリーに切り替えるが、停電が長時間になるとそれももたなくなる。

アンビューバッグと呼ばれるものを使って手動で空気を送り続けることもできるが、いくらなんでも限界というものがある。

家の中に物が散乱してそこから出られなくなっていたり、あるいは避難所の環境ではとてもやり過ごすことができずに、自宅に戻ってしまっている人もいるだろう（本当に悲しいことだが、実際、避難の過程で命を落とした人たちは多くいた）。

自分が生き残るためには、ほかの人たちにも生き残ってもらわなくてはならない。

ほかの人たちが死んでしまう状況やシステムなら、わたしも早晩、死んでしまう。

## 「難のクジ」、百パーセント

三月十一日までは、自分だけに「不条理」がふりかかっていて、自分だけが苦しい思いをしているような気がしていた。

三月十一日は、日本社会に生きているほぼ全員が、何らかの形で「巨大な不条理」を経験してしまった。

すごくへんな感情だが、難病は変わらずに抱えたまま、わたしは「支援しなくちゃ」と思ったのだった。ちょびっとだが、一足先に「難のクジ」を引いて、わたしは今日までアメイジングが重なり、かなりミラクルに生きのびてきた。

不条理の嵐の最中にいる間は、声を出すことすらできなくなってしまう。声も出せないままに、片隅で、苦しみながら消え入る。多くのことをあきらめながら、「仕方ない」と言われながら、「どうしようもなかった」と見捨てられながら。

そんなの、おかしいよ。

どうしようもなくなんか、ないよ。

方法がないなら、新しく考えればいい。これまでなかったなら、今つくればいい。

「何ができる？」

深呼吸して、もう一回自分に訊いてみた。

「生きのびること。わたしも、ほかの人も」

## イッカ、バラバラ

母親の携帯電話に、短い電話が一瞬つながったのは、三月十四日。

「ばあちゃんが、火傷で……今、日本海のほうに………富山へ向かう………」

どうやら、両親は、とりあえず生きているらしい。

二人が暮らすわたしの実家は、福島第一原子力発電所から三十四キロ地点。古い家だから倒壊したのではないかと思ったが、それは確認できなかった。

母親の実家は、福島第一原子力発電所から約九キロ。浪江町の中心部に位置している。祖母が、一人で暮らしている。

「何かあった」だろうことはわかったが、それが具体的に何なのかは、この時点ではわからなかった。「爆発した」という単語が、ノイズのひどい通話先から聞こえてきた。

両親、そして浪江を中心に浜通りに暮らしている親戚一族がバラバラになり、もはや連絡すら容易につかない状況であることは理解した。避難しているにしても、どこの避難所にいるのかもわからない。

もし、おかあさんとおとうさん、ばあちゃんやおじちゃんたちが、なんとか生き残ってくれたら、わたしに何を望むだろうかと考えた。正直、わからなかった。

生きのびて、後から、直接会って聞こう。

## お役に立ちたい、どうしても

現実的に、難病体なので、力仕事で震災のお役に立つのは無理だ。

わたしにできることは、どんな状況にあっても、絶望しないで生きていける社会のシステムをつくることを「考える」ことくらいだろうと思った。

以前、ツイッター上で知り合ったサラリーマンの小玉さんは、震災の少し前から、ホームページを作るお手伝いをしてくれていた。

震災が起こる直前に、「わたしのフクシ。」というホームページがやっと完成し、動き出していた。当事者の人たちの声を伝える連載の枠を作ったり、「見えない障害バッジ」というものを作るために試行錯誤を重ねたりしていた。現在は、難病や内部障害など、見た目ではどんなことに困っているのかわからない人たちが、気軽に身につけられるようなマークがない。というより、そういう人たちが「世の中に、いる」ということ自体が知られていない。

「何かしてほしい」というわけではなく、「見えない障害をもって生きている人が、いる」ということを伝えるようなバッジを作りたいね、とずっと話していた。

わたしは大学院生だったので、モノ作りのことはよくわからない。アイディアを出したり、制度的な問題を挙げたりすることはできるが、実際にバッジを作るとなると、どうやって作ればいいのかサッパリだった。発注の仕方とか、工場の見つけ方とか、管理の仕方とか……。

でも、小玉さんは言った。

「わたしはね、福祉とか社会保障のことはわかんない。でも大野さんの言ってることはわかる。あと、バッジは作れるよ」

「製品作ってる会社に勤めてるから、まあこのくらいのものは作れるよ」

日本のサラリーマンって、すばらしい。

ホームページのデザインをしてくれている人も、「わたしは、絵は描けます」「あと、製品デザインはできます」と言ってくれた。

三月十一日から少し経ったころ、「見えない障害バッジの試作品ができた」という連絡をもらった。

「見えない障害」なので透明にしたい、という無理なリクエストをしていた。

小玉さんが見せてくれたサンプルは、本当に、スケルトンだった。

「大切なものは、目にみえない」

サン・テグジュペリの『星の王子様』の台詞が、刻印してある。

これまで、自分の家で、自分の生存をつなぐことで精一杯だった。

今も、それは変わらない。

でも、ちょっとだけ、以前と違う。

一人きりだった自分が社会にまた巻き込まれていく、その不安交じりの高揚感を味わっていた。悲惨な被災地の様子が一面に刻まれた新聞の朝刊を握りしめながら。

とにもかくにも、「何かが、変わる」ような気がした。

第13章

# シャバが、好きだよ

人間の暮らしとは、本当に不可思議なものだと思う。

両親が消息不明でも、親戚一同が離散しても、毎朝六時になるとiPhoneのアラームが鳴る。起床直後の骨粗鬆症予防薬を服薬して、三十分間姿勢を保持したら、ティファールでお湯を沸かして、ほうじ茶を一杯。

原発事故は、どうやら最悪の事態を迎えているようだった。超危機が迫り来れば来るほど、そしてそれが身近であればあるほど、なんだか人は感情すらわいてこなくなる。

## ほうじ茶と原発

福島県の行政機能がダウンしているらしいことは、わかった。第一原発から約四十キロの場所で専業農家を営んでいる父方の親戚に、電話をしたらつながった。

従兄弟は四十歳を過ぎてから、素敵な都会人のロハスなお嫁さんをもらい、彼女がちょうど臨月を迎えていた。お嫁さんだけ、郡山市の実家に避難させているという。

「あんちゃん（＝わたしの父）らは、浪江のばっぱさん助けさいったんだべ」

浪江町の中心部の一戸建て住宅に一人で暮らすわたしの母方の祖母は、地震で石油ストーブに載せていたやかんのお湯をかぶって、ひどい火傷を負った。両親は祖母を迎えに行き、車に乗せて、診察してくれる病院を探して日本海側へと向かっていた。

ガソリンがない。どこのガソリンスタンドも、長蛇の列ができているうえに、タンクが空っぽだという。そこで、日本海側に住んでいる母の兄が、立ち往生している場所まで自分の車の分と両親と祖母が乗っている車、二台が富山県まで辿り着ける量のガソリンを運んでくれることになったらしい。

母の兄が困ったのは、ガソリン缶やガソリンタンクが「ない」ことだった。ガソリンは、決まった容器以外に入れてはいけない。県内じゅうのホームセンターをまわって、数個、容器を確保した。しかし、二台が富山県まで辿り着くのに十分な容量に満たなかったので、プランを変更し、火傷している祖母のみをまず、母の兄が富山の病院へ運ぶ。両親は、車が止まった地点で待機する。母の兄は、また容器にガソリンを入れて、両親の車の移動のために戻る、ということにしたらしい。

この時点では、わたしはそんな状況はまったく知らなかった。

後から聞いたことだが、両親はしばらく富山の公営住宅に避難していたそうだ。

富山県は、本当に静かな様子だったという。県が、空いている公営住宅を避難者向けに開放してくれていた。ふとんとか暖房器具とか、簡易な家具なども、逃げてきた被災者に無料で貸してくれていたらしい。

浪江町のばあちゃんは、突如として家に帰れなくなった。そのほか、ちりぢりに避難した親戚一同も……。浪江は、幸か不幸か、第一原発の「隣町」だが「立地自治体」ではないので、東電が出した一斉避難バスのようなものはなくて、自衛隊からの「逃げてくださ い」という警告というか、かなり漠然とした広報しかなかったらしい。

大叔父は、最初は対馬地区の避難所にいたものの、「ここは危険だ」という情報が流れてきて、あてはなかったがとにかく宮城方面に逃げた。従姉妹たちは千葉方向に逃げた。みなちりぢりになった。それぞれ、連絡もしばらくつかなかった。

## 新装備、やっと来たる

東京は、すぐに都市機能を取り戻していった。

余震は断続的に、不気味に続き、東京でも一部地域では「計画停電」が実施された。節電モードに入り、スーパーやコンビニも照明を落として営業していた。電車は、しばらくは間引き運転。

Q区は、計画停電は実施されなかった。行政サービスやヘルパーさんの来訪も徐々に機能回復して、五月ごろにはすっかり「平常」の様相だった。

親族のことは気にかかったが、なにしろみな避難民なので、わたしは当面、自力で生計を維持し、生きのびなければならないという厳然たる現実が目の前にあった。

憑かれたように、眠っている時間以外はパソコンのモニターとキーボードに向かった。かじりつくみたいに、文章を書いた。ウェブ連載は、書籍化への作業に移って、出版社から送られてきた分厚いゲラのチェックを、ひたすら続けた。

そんな中。

「ピンポーン」

この倦怠感に満ちた身体では、いつもはインターフォンのベルは玄関への地獄の強制移動を告げる合図であって、重苦しい。ところが今日は、ちょっと違う。

福音ってこういう音かも、とワクワクしてエレベーターに乗り、一階へ降りる。

車いす業者さんの白いワゴンが、マンションの前に停まっている。

いよいよ、この日がやってきたのだ。凝視していると、荷台からわたしの「新車」が出てきた。

ピンクの塗装でピカピカにきらめく航空用アルミのボディ。おしりや全身の皮下組織、体幹に極力負荷がかからないよう、アメリカ製のクッションを装備した最新型。

「車いす、できました」

労働者兼社長のMさんは、ポニーテールを五月の風になびかせ、またしても「ニヤッ」と、意味深に笑った。

## 慣れない新型装備

最初は、新しい「身体」の動作にとまどった。

手元のジョイスティックレバーで操作をするのだが、これがうまくいかない。

車の運転には、人によってかなり個性的な特徴、場合によっては極端な傾向が出るが、電動車いすもちょっと似ているところがある。

発症前、大学四年生のときに、普通自動車の運転免許を取ったことを思い出した。このころは、就職や進路が決まってから、駆け込みのように合宿で免許を取る人が多かった。

わたしは、ミャンマーの山岳地帯の悪路を自由自在に、ジープのような車で運転してまわりたいと妄想していたので、誰も取らない「マニュアル」のコースを選んだ。クラッチを踏んでギアをチェンジする、あの「マニュアル」である。

福島県内の自動車学校に実家から通えたら安上がりかなと思っていたが、なぜか、「実家が同県の方は申し込みできません」と、どのパンフレットにも書いてあった。

結局、新潟市からバスで一時間程度かかるド郊外の自動車学校へ、十五日間、宿と三食付で通った。

田んぼと、それにそぐわぬ超立派な高速道路、バイパス道路が屹立している。教習所の周囲は、半径徒歩十五分以内に何もなく、ただ、巨大なイオンモールだけがそびえたっている。こんなまっさらな平地で免許を取得して、首都高速に乗ることができるのだろうか。

自動車学校では、座学はトップだった。標識や道路交通法などを暗記するのだが、夜、ホテルの部屋に引きこもって受験勉強的にやればいいだけだ。単純作業で「うまくいく」。

ところが、運転の実習はそうはいかない。ドライバーとして致命的だったのは、加速ができないことだった。時速二十キロ以下でトロトロとコースをまわるのは問題ない。が、それ以上速度を上げられないのだ。

「大野さん、ここは直線だから一応三十キロは出してもらわないと……」

「わかってるんですけど！　これ以上、アクセルを踏めません！」

奇跡的に十五日で修了、免許取得はできたものの、車の運転は以来一度もしたことがない。免許はゴールドである。

電動車いすにも、「車幅感覚」のようなものがある。

壁にはぶつかるし、エレベーターからはうまく出られなくてタイヤのホイールを何度も激突させてしまう。わたしはそもそも、あらゆる乗り物の運転に、それほど向いていないのではないかと思う。

## 車いす目線

まずは、病院とご近所を移動できるよう、練習をはじめた。日本の道路を車いすで移動することと自体が冒険みたいだ。

歩道のたった一センチ程度の「段差」、というよりは「アスファルトの継ぎ目」に前輪がつっかかって、超えられないことは大ショックだった。

日本の歩道は、幹線道路沿いなどはともかくとして、一歩路地へ入るとにかくせまい。人間一人が歩く幅も十分にない場所も多い。

これまで気にもならなかったことだが、日本のすこし古めのビルは、みなエレベーターの幅がとてもせまい。鏡もついていないことが多い。わがマンションのエレベーターも、「せまい・鏡なし」仕様だった。

正面から入っても、エレベーター内で回転することができないので、出るときはバックで出る。この出し入れは、まるで車をバックミラーなしで幅狭の駐車場に入れるような絶望的な難しさである（ちなみに、二〇一四年七月現在まで、車いすの前輪を六回ほど折っている。外出先で折れるわけなので、そのつど大変な危機に見舞われるのだが、その話はまた別の機会に）。

車いすが届く以前は、

「車いすさえ届けば、即時、自由に行動範囲が広がる！」

と思っていたのに……。

人に尋ねたい疑問や不可思議なことばかりなのだが、近所をまわって周囲を見渡しても、簡易型電動車いすに乗っている人にはまったく出会わない。

iPhone のメールで、せちろうくんにいちいち細かいトラブルを相談した。

「さ、坂は、どうやって下るの?」

「ああ、傾斜がきついと車いすごと転落するから、気をつけてね」

せちろうくんは、東京生まれ東京育ちの生粋のシティボーイであるから、大変なことをさっぱりと表現してくれる。

「これに乗って、地下鉄とかに乗れるの?」

「は?」

「メトロ。地下鉄。いわゆる地下に通ってる鉄道」

「そのくらい知ってるよ、乗れるよ。今度、機会があったら乗り方を教えるよ」

そして、こんなアドバイスを受けた。

「障害者団体の集会に行ってみたらいいんじゃないの。様子がわかるかもね」

障害者団体の、集会……。これまで二十七年間生きてきて、そのような単語を耳にしたのははじめてである。

「自立支援法の違憲訴訟の集会がちょうど近くの区であるから、行ってみたら?」

翌週、電動車いす若葉マークとして、「障害者団体の集会」に、車いすごと乗れる福祉タクシーを使って参加してみた。たくさんの人たちが会場にいて、見たこともない形状の車いすやら、呼吸器や吸引器らしきマシンやら、介助者とおぼしき付添いの人たちが、ひしめいている。この機会を逃すまいと、ほかの障害をもっている方々が乗っているクルマを、つぶさに観察した。

傾向として、脳性まひなどの方は、重厚感にあふれた、車体だけで百キロを超えそうな「ザ・電動車いす」を使っている人が多い。脊髄損傷、頚椎損傷（「セキソン」「ケイソン」と集会で互いに仲間同士カジュアルに呼び合っていて、イイナアと思った）の人は本当に人それぞれで、手動の自走タイプのものを使っている人もいれば、リクライニングシートのような車いすを介助者に押してもらっている人もいた。

集会が終わると、みな、そよそよと、地下鉄や電車、バスの乗り場へと散っていった。

「わたしも、あんなふうに地下鉄に乗れるように、なるかなあ……」

## シャバは、変わるよ

二〇一一年六月、生存のドタバタと並行して、勢いまかせに執筆してきたウェブ連載が

『困ってるひと』という一冊の本になった。

正直、「反響」というのはよくわからなかった。この時期、わたしはまだ車いすで地下鉄に乗ることすらできなかった。リアル書店さんにはほぼ行けなかったし、自分が書いた本が店頭に並んでいる光景を見ていない。

ただ、なんだかすごい件数の「取材依頼」をいただくようになった。体力的に、一日一件か二件インタビューを受けると、自宅に戻った瞬間にスイッチが切れて、バタリとベッドに倒れ込む。

記者のかたやライターさんに、いろんなことを根掘り葉掘り訊かれるので、いやがおうでも、二十代の小娘の分際で「人間が生きるとはどういうことか」なんていう大テーマを、夜な夜な考えた。

自分が生まれ育った境遇を、頻繁に思い返すようになった。

おかあさんは、娘のわたしから見ても、教育熱心な、誠実な人だったと思う。教員免許を取得して以来、組合の活動や、保育所など存在しない地域での子育てに打ち込んできた。

体育会系なので書類仕事は苦手で、「持ち帰り」が多かった。おかあさんの車の中は、いつも書類とバインダー、ファイルでいっぱい。毎朝二時や三時に起きて、修羅のように書類に向かっていた。

「本が欲しい」と言って、褒められたことはあっても、ダメだと言われたことは一度もない。小学生のときに、車で片道一時間以上かかる郡山市の英語塾に行きたいと言ったときも、有給をなんとかやりくりしながら、車で送り迎えをしてくれた。

わたしが自分で考えて行動したことについては、一切介入しない人だった。高校時代にヒッピーになろうとして、正面から校則を破り、金髪アフロの髪型にしたときも「更紗ちゃん、似合うね」と声をかけられただけだった。

なんだかんだいって、尊敬していた。けれど、おかあさんみたいに生きることは、わたしにはできないとも思っていた。おかあさんは団塊世代の働く女性の典型みたいな人だと思う。子どもを産んで、頑張って働いて、子どもに教育を受けさせる。できるだけ、高度な教育を。

進学した高校は、地元の優等生が行く公立の女子高だった。東京の人にはイマイチわからない感覚かもしれないが、東北では公立高が「ランクの高い学校」で、予備校や塾などが未発達なので、高校の先生たちが深夜まで個人指導してくれるような文化が残っていた。

今考えると、すごいことだ。

部活が二十時くらいに終わり、その後で先生の研究室に行くと、終電間際まで指導してくれる。

先生に「今はわからなくてもいい。大人になったら、わかるようになる」と勧められ、素直に信じて、岩波文庫の青帯（難しい古典）を買って読んだ。やっぱり意味はわからなかったけど、「なんだか、すごいぞ」ということだけは伝わってきた。

「知識」が人を助けると、「教育」がよりよい何かをもたらすのだと、周囲の大人たちから繰り返し説かれて育ってきたような気がする。

「外へ出なさい」とも言われた。まるで心の秘密を打ち明けるように。両親も先生たちも、どこか切なそうな、苦々しい表情で、そう言った。

ここにはもう、身につけた「知識」を生かすような場所はないのだと、言葉にされずとも毎日の現実が語っていた。

飛び込んでくる話題といえば、撤退、倒産……。同級生の親御さんが工場の閉鎖で一斉解雇されて、大勢失業することだって日常的にあった。わたしのおかあさんは、忙しいけれど、地方公務員だから安定している。おとうさんは、団体職員だから解雇されない。うちは、あの地域では比較的恵まれた家庭だったと思う。

そして、東京に出てきたわたしは、大学一年生のときに偶然、「ミャンマー」という問題を発見して、ああ、これが自分のライフワークだと確信した。この分野は、自分にしかできないことができると思った。ミャンマー難民の人たちの、閉塞感や排他性の混じった、けれどあたたかくもある複雑な共同体意識に、自分の生まれ育った環境が重なった。

政治問題や紛争ですべてを失い、追われ、逃れて、難民キャンプという一時的な仮住まいに暮らす。やがて本国へ戻ろうとする人もいれば、先進国へ亡命する人たちもいる。「どこにも、帰るべき場所をもたない」境遇が、ちょっとわかるような気持ちがしたのだ。フ、フランス語学科に入っちゃっていたので、フランス語学科の先生たちには申し訳なかったが……。

人文科学分野の大学院に進学するのはリスキーなことではあったが「なんとかなる」という根拠のない算段のもと、わたしにとっていつの間にか、息を吸うこととミャンマーに関わることは、同じくらい自然で、当たり前で、大事なことになっていた。

そうして進学した直後に、難病を発症した。調査は中断し、大学院は入って早々に休学せざるをえなかった。

ミャンマー研究にどこかで「区切り」をつけないといけないことは、入院していた時期から、ずっと考えていた。二〇一一年の中盤には、休学できる期間の限度が目前に迫っていた。

いい加減に、あきらめないといけない。それは、わかっている。辞めないといけないんだ。どんなに楽観的な予測を立てたとしても、難民のフィールド研究に戻ることは、もうできない。

現地でかき集めてきた資料やミャンマー語の教科書を、リサイクル業者に送る段ボールに入れながら、それらの本を「重い」と感じた。

手が、本の重みで痛んだ。もうわたしは、この研究は本当にできなくなったんだ、と思った。全部を投げ打ってもかまわないと思っていた。自分は、この道に進むのだと決意していた。かつて。

涙が眼からボタボタとあふれてきた。

地震が起きても、原発が爆発して家族がちりぢりになっても、悲しくはなかった。一滴の涙も出たことはなかった。そんなもの、枯れたんだろうと思っていたのに。

「うわあああん」

なぜか、声をあげて、しばらく泣いた。

## 懲りずに、再開

二〇一三年四月一日。

某ミッション系私立大学のチャペルで、荘厳なパイプオルガンの響きを聴いていた。入学式である。電動車いすに腰かけて学長のありがたいお話を拝聴しつつ、思った。

「人生、わりと流されてるな……」

ミャンマー関連の文献を一斉に処分した後、社会保障の、システムの研究をしたいと思った。一から勉強して、他の大学院を受験し直そうと、関連する文献を大量に買い込んで、とにかく読みまくった。初学者かつ晩学なので、大学院受験までにごく基本的なレベルまでもっていくだけでも、一苦労だった。

ミャンマー研究が自分の運命だと思っていたくせに……。われながら意外と、精神がずぶとかった。

こんな難病体で、健康体でも心身を病みがちな研究などという営みに、ふたたび戻って大丈夫なんだろうか。ここでもまた、根拠なく、見切り発車をしている。

ミャンマー女子時代は、まだちょっと自分探しをする余地があった。「逃げられる」「いつでも日本に帰れる」。今はもはや「逃げられない」。

入学を祝福してくれているらしい讃美歌を耳にしながら、半ば愕然、半ばワクワクしていた。これから、難病人、物書き、研究の「三位一体」をこなさなくっちゃ。

三つとも、全部「危険」だ。このトライアングルを、今日から、サバイブする。

シャバで生きるのは、つらいことのほうが多いかもしれない。それでも、二〇一〇年の六月末に病院から「家出」して、三年弱。今日まで生きのびてきた。

わたしなんて、生きてる意味ないんじゃないかなと、今でもよぎることはある。そんなとき、別な、新しいわたしが、

「まあ、もうちょっと流されてみても、いいんじゃない？」

と告げる。

四月一日はまだ肌寒い。敷地内は、わたしよりもずっと若い新入生たちでごった返している。車いすの専用出口からチャペルの外に出て、コートを羽織った。

深呼吸して肺に満ちるのは、切ないほどに自由な空気。

「シャバが、好きだよ」

# おわりに

濃い霧の中で、たった一人きりのような気持ちになります。どう考えても悲観的にしかなりようがなく、人が生きていること自体の価値を、時に見失いそうになることもあります。

病は、人を孤独にします。病の苦痛とは、身体が病理に侵されてゆくことに耐えることでもあり、その苦痛が「結局、誰にも伝わらない」現実と対峙することでもあります。伝わらないとわかっているけれど、わたしは心のどこかで、あきらめきれないのかもしれません。崩すことはかなわないとわかりきっている岩盤に杭を打ち続ける、その気持ち。むやみやたらな、情動じみた感情。それらを言葉にすることが、人の受難や病苦を、分解して相対化する力の源泉になると、信じているのかもしれないです。だから、ものを書き続けているのだと思います。

この本の最後の文章、この原稿を書いているのは二〇一四年の六月末なのですが、暑い梅雨です。さきほど夕方に雨があがって、スウスウした空気がちっぽけな肺に満ちて、吸って吐いたら、なんだかふと叫びだしたくなりました。

「生きてて、よかった（かも）」

あなたが生きていてくれてよかったと、それだけで震えるほどにわたしは嬉しいんだと、近所の道端で誰彼かまわずつかまえて、告白したくなります。明らかに不審なので、実行に移すことはないかもしれませんが。

さっき、悲観的にしかなりようがないと書いたばかりなのに、支離滅裂だと思われそうです。霧の中では、先のことを予測するのは困難になります。感覚を研ぎすませて、考えを尽くします。それでもボロボロになってしまうけれど、進むしか術がありません。

こうして周囲の景色が見えないまま、終着地点のないマラソンをずっと走り続ければ、何か、わかるのでしょうか。それすら、まだわかりません。「難病」を発症して、この社会の当事者になって。とまどい、考え込んで、答えが出ないことばかりです。

とにかく、これから、探してみなくちゃと思っています。

ポプラ社の担当編集者、斉藤尚美さんには、ゴールの見えないマラソンを、再び伴走していただきました。斉藤さんほど「勇気がある」編集者には、出会ったことがありません。

主治医のドクターは、今も常に、誠実にわたしと疾患に向き合ってくれています。先生が「ハハハ」となんてことないふりして笑うとき、助けられなかった人たちのことを静かに思い出し、夜な夜な歳をかえりみず（でも先生、もう四〇代ですから程々に……）研究に向き合うことも知っています。分野はまったく異なる人文科学系ですが、大学院に戻って、自分の担当ドクターが研究者としていかにすごいか、妙な形で実感しました。時には意見が合わないこともありますが、先生、実はむちゃくちゃ尊敬しています。病院で言うのはちょっと恥ずかしいので、ここにこっそり書いておきます。

わたしは、さっき「一人きり」と書きましたが、けっこう、周囲の人には恵まれている気がしてきました。大学院で日々ご指導を賜っている社会学研究科の先生方。「わけのわからない、未知の難病人」を一学究として受け入れてくださって、ご寛容に心から感謝するのみです。

それから、わたしが本当に倒れても、「あ、休んだほうがいいって言ったっけか。わるいわるい」と飽くなき議論をふっかけてくる愉快な（？）同世代の志もつ仲間たち、お名前を出し始めると名簿のようになってしまうので、謝辞はほどほどにします。


わたしが今日まで生きのびてきたことは、複雑なパズルのようで、どのピースが欠けても成立しません。当事者は、所詮は苛烈な運命に逆らえないのだと、あきらめかけたことも何度もありました。でもやっぱりわたしは、言葉や理屈で逆らいまくってみたいのです。

「そんなこと、できるわけない」

「絶対に、変わらない」

たいして長くも生きていないこの人生の中で、そういう台詞を人から言われ続けてきました。

ミャンマーがまだ「ミャンマー（ビルマ）」で、軍事政権下、アウンサンスーチーさんも自宅軟禁状態だったころ。今のような民政移管の状況は、想像することすらできませんでした。体制を公に批判すれば、即投獄されることにリアリティがあった国では、今日、若い人たちが盛んに新しい新聞を発行したり、情報発信をするようになりました。言論の自由の波が、国軍の檻をやすやすと飛び越えていきます。アウンサンスーチーさんは自宅軟禁が解除され、国内の外遊どころか、外交で各国を行き来するようになりました。何十年間も鎖国していた国が、突如、さびついた鉄格子ごと、自ら入り口をぶっ壊してしまいました。誰も、予想などしていなかった事態です。

「社会は、人間は、変わるかもしれない」

どんなときも、そういうふうに考えるようになりました。それを教えてくれたのは、学部時代に関わったミャンマーの人たちであったように思います。いつだって、教わることばかりでした。

福島で暮らしているおかあさん、おとうさん。二人とも元気でいると確信しているので、特に連絡はしません。

ミャンマーに取りつかれていたころと、今とを比べてみることもあるけれど、なんだか本質的にあまり変わらないみたい。どういうわけか、なんとか娘は東京でやっています。

もうちょっと、生きのびてみようと思います。

この先の、霧が晴れた後の景色がどんなものなのか、見てみたくて。

二〇一四年六月　自室の、パソコンの前で

大野更紗

＊この作品はウェブマガジン「ポプラビーチ」（二〇一二年七月～二〇一四年七月）に連載されたものに加筆修正しました。

**大野更紗**（おおの・さらさ）
1984年、福島県生まれ。作家。上智大学外国語学部フランス語学科卒業。ミャンマー（ビルマ）難民支援や民主化運動に関心を抱き大学院に進学した2008年、自己免疫疾患系の難病を発症。その体験を綴ったデビュー作『困ってるひと』（ポプラ社）がベストセラーになる。2012年、第5回「（池田晶子記念）わたくし、つまりNobody賞」受賞。2013年より明治学院大学大学院社会学研究科社会学専攻博士前期課程。
Blog: http://wsary.blogspot.com/
Twitterアカウント: @wsary

# シャバはつらいよ

二〇一四年　七月二三日　第一刷発行

著者　大野更紗
発行者　奥村傳
編集　斉藤尚美
発行所　株式会社ポプラ社
〒一六〇-八五六五　東京都新宿区大京町二二-一
TEL　〇三-三三五七-二二一二（営業）
　　　〇三-三三五七-二三〇五（編集）
　　　〇一二〇-六六六-五五三（お客様相談室）
FAX　〇三-三三五九-二三五九（ご注文）
振替　〇〇一四〇-三-一四九二七一
一般書編集局ホームページ
http://www.poplarbeech.com
印刷・製本　大日本印刷株式会社


N.D.C.914／218P／19cm ISBN978-4-591-14082-6